T0007642

El último verano

RICARDA HUCH

El último verano

Con prólogo de Cecilia Dreymüller

Traducción de Carmen Colomines
y Christian Frisch

Barcelona, 2019

Título original: *Der letzte Sommer*

Primera edición: julio de 2019

Duomo ediciones es un sello de Antonio Vallardi Editore S.u.r.l.
Av. Riera de Cassoles, 20. 3.º B. Barcelona, 08012 (España)
www.duomoediciones.com

Gruppo Editoriale Mauri Spagnol S.p.A.
www.maurispagnol.it

ISBN: 978-84-17128-05-0
Código IBIC: FA
DL B 14.438-2019

Diseño de interiores:
Agustí Estruga

Composición:
David Pablo

Impresión:
Grafica Veneta S.p.A. di Trebaseleghe (PD)
Impreso en Italia

Prólogo

Sentido y sentimiento
por Cecilia Dreymüller

No había nadie que no la admirase –su talento narrativo, su vigorosa intelectualidad, su integridad moral– o que no apreciase algún aspecto de su inmensa obra: Ricarda Huch, poeta y ensayista nacida en 1864, la primera mujer alemana con un doctorado en Historia, autora de medio centenar de títulos entre poesía, novela histórica, biografía y estudios historiográficos, era la escritora más leída y respetada en la Alemania de la primera mitad del siglo XX. Desde Hermann Hesse, Rainer María Rilke y Stefan Zweig hasta Gottfried Benn y Alfred Döblin, por muy contrarias que fuesen las posiciones estéticas o políticas que defendían, todos se rendían ante la «gran escritora», propuesta varias veces para el Premio Nobel, ante la «maravillosamente articulada soberana del reino del consciente», como la calificaba Thomas Mann en 1924 con motivo de su sextuagésimo aniversario.

Que hoy estén olvidados su sagaz estudio en dos tomos sobre la época romántica, *El romanticismo*, e incluso su *opus magnum* sobre la guerra de los Treinta Años, *La gran guerra en Alemania*, resulta deplorable, pues en ambas obras se unen meticulosidad científica con ingenio literario. Tampoco corrieron mejor suerte –y esto es ya más comprensible–, sus escritos religioso-filosóficos, como *La fe de Lutero*, o *Despersonalización*. Y desde luego resulta el olvido completamente injustificado en el caso de su empática biografía de Bakunin, *Michael Bakunin und die Anarchie*, que generaciones futuras leerán asombrados por la amplitud de miras de una autora más bien conservadora, aparte de por su profundo conocimiento del ideario y del impacto del anarquismo en Europa.

En cualquier caso, conviene señalar que la caída en el olvido de Ricarda Huch no es fortuita. Era un espíritu demasiado íntegro e independiente para no chocar contra los muros de la intolerancia ideológica que se cerraron alrededor suyo, y por partida doble, hacia el final de su vida. Sus comienzos y su acenso hasta convertirse en una institución de la literatura y sociedad burguesas desde luego no la destinaron para este final a contracorriente, pues fueron del todo apolíticos y enmarcados en el neoromanticismo, que ella mismo potenció: en sus coloristas cuadros históricos, la joven Ricarda Huch pinta rebeldes idealizados, de nobles sentimientos; en sus novelas retrata a héroes que persiguen una libertad estrictamente personal, para los que la pasión amorosa prima a menudo sobre otras posibilidades de desarrollo; su poesía embriagada de belleza expresa el impetuoso anhelo de plenitud vital, a la vez que tiende a elevarse entusiasta a esferas superiores, pues es bastante ajena a las cuestiones sociales de su tiempo.

Fue la experiencia de la Primera Guerra Mundial la que hizo que la tendencia de Ricarda Huch al embellecimiento literario diera paso al escepticismo de su obra tardía, que descuida la narrativa cada vez más a favor del ensayo. Su interés por los grandes movimientos filosóficos de la Alemania decimonónica la llevaron al estudio del marxismo y del anarquismo, pero solo con el auge del nazismo, a una edad ya avanzada, Huch se significó políticamente. Opuesta desde el principio al régimen de Hitler, se mantuvo firme en su rechazo público, a pesar de los muchos intentos de persuadirla, intimidarla y represaliarla. Fue el único miembro de la Academia Alemana de las Artes que protestó por escrito contra la expulsión de Heinrich Mann y Alfred Döblin. La carta con la que acompaña en abril de 1933 su dimisión de la vicepresidencia debería figurar en todos los libros de texto sobre la época: «Doy por supuesto que un alemán tenga una conciencia del espíritu alemán; sin embargo, existen opiniones diferentes sobre lo que es alemán y como ha de practicarse el espíritu alemán. Aquello que el gobierno actual dicta como sentimiento nacional no es mi espíritu alemán. Considero que la centralización, la coacción, los métodos brutales, la difamación de los que piensan de otro modo, el jactancioso auto-elogio son anti-alemanes y nefastos. Con una opinión tan divergente de la prescrita por parte del estado, considero imposible permanecer en una academia estatal.»

A partir de aquel momento, los nacionalsocialistas hicieron todo para dificultar la difusión de los libros de Ricarda Huch y para difamar su obra, calificándola de anacrónica. Y si bien su persona estaba protegida por su reputación nacional e internacional, su trilogía, *Historia alemana,* fue ferozmente atacada por la prensa; su novela corta *Noches blancas*, una parábola sobre el Tercer Reich ubicada en la Rusia de la Primera Guerra Mundial, tuvo que publicarse en 1943 en Suiza. Pero sobre todo tuvo que abandonar el gran trabajo sobre el movimiento de resistencia contra el fascismo alemán. Eran demasiadas las dificultades, y a pesar de los muchos documentos valiosos que le aportaron sus contactos amistosos con los participantes del atentado contra Hitler de 1944, el libro quedó sin terminar.

Así que la marginación de la obra de Ricarda Huch empezó ya en los años treinta. Y no contribuyó a recuperar a editores y lectores el hecho de que al terminar la guerra decidiera, octogenaria, quedarse en la Zona de Ocupación Soviética. Con la esperanza de que allí se estableciera una sociedad con mayores garantías democráticas, participó durante dos años activamente en la reconstrucción social y cultural de Alemania Oriental. Aunque no aceptó los cargos que se le ofrecieron, pues pronto se dio cuenta de que su nombre se utilizaba para fines que no podía suscribir. Cuando solicitó el permiso de emigración, en 1947, el recién fundado estado socialista ya no la quería dejar marchar. Entonces, el Primer Congreso de Escritores Alemanes en Berlín le brindó la oportunidad de huir. Aceptó la presidencia para, a continuación, salir en un tren militar inglés hacia Alemania Occidental. Sin embargo, la huida accidentada agotó las fuerzas de la escritora anciana; Ricarda Huch murió en

1947, a consecuencia de una pulmonía que contrajo durante el viaje de fuga de la RDA.

Este malogrado *intermezzo* político torpedeó definitivamente la recepción de la obra en ambos estados alemanes: en Alemania Oriental por haber traicionado la causa socialista; en Alemania Occidental por haber simpatizado con los comunistas, poco menos que demonizados en la RFA y Austria a lo largo de la Guerra Fría. El escritor Günter Weisenborn, quien recibió el material documental de manos de la autora, publicó en 1953 el último libro proyectado por Ricarda Huch, bajo el título de *La rebelión silenciosa. La resistencia contra el nacionalsocialismo.*

No obstante estas postreras denigraciones, *El último verano* mantuvo ininterrumpidamente el favor del público desde su primera publicación en 1910 hasta hoy. A pesar de que su autora renegara de ella *a posteriori* como producto de un capricho –la redactó en seis semanas tras una apuesta sobre si era capaz de escribir una novela policíaca– destaca como una pequeña joya entre las novelas históricas que escribió en ese período. El primer gran acierto es su construcción como una novela epistolar, y seduce tanto por su estilo ameno como por su trepidante trama. Aparte de que representa de forma sucinta una de las ideas de Ricarda Huch acerca del hombre moderno, como individuo que realiza sin escrúpulos, más allá de ideologías o fe religiosa, su afán de protagonismo.

Bajo su convencional apariencia de relato policíaco ubicado en la Rusia zarista –la preparación de un atentado por parte de un joven anarquista que se infiltra en la familia de su víctima para matarlo en su casa–, la novela esconde un lúcido análisis del espíritu de la época. La bullente atmósfera previa a las revueltas y revoluciones sociales que se preparan en toda Europa es captada a la perfección por la autora, cuyo instinto –al ser historiadora de formación mejor sería decir clarividencia– para los cambios que se preparaban es impresionante (*El último verano* fue escrito en 1905). Ricarda Huch se revela aquí además como una escritora de caracteres a la altura de Dostoievski. Porque si bien el estudio psicológico, la concentración en una fuerte personalidad en su actuación con el entorno, es una característica de toda su narrativa, desplegándose sobre miles de páginas en una infinita variedad de individuos marcados por diferentes épocas históricas, en esta breve pieza de cámara lo desarrolla de forma especialmente brillante y concluyente. Raras veces se encuentran unos personajes tan ricos esbozados con tan pocas pinceladas.

Son ocho corresponsales que, en sus cartas, se intercambian deseos, dudas y preocupaciones, y Huch se sirve de ellos para exponer la problemática social de «lucha de clases» que está a punto de explotar. Entre la sofisticada decadencia de la familia del gobernador Yégor de Rasimkara, que vive felizmente recluida en su burbuja de bienestar, y el nihilismo autosuficiente de los dos anarquistas poseídos por su ciega rabia destructora, aparece la servidumbre como mera figurante, tratada con cariñoso paternalismo por parte de los señores, y con una mezcla de folclórica admiración y desdén por parte del anarquista infiltrado.

Resulta especialmente fascinante cómo Huch presenta la imagen del hombre sin escrúpulos, pues lo elabora en tres variaciones: en el anarquista Liu, que solo externamente actúa por convicciones políticas, porque lo que le mueve realmente es el ansia de manipular a los demás; en el gobernador Rasimkara, que cierra sus ojos ante la necesidad de cambio social y se refugia en el cumplimiento del deber; y en su hijo Velia que reconoce claramente la degeneración del corrupto sistema en que vive pero que no quiere renunciar a sus placeres.

Se ha señalado que *El último verano* posee muchos paralelismos con *Diario de un seductor*, de Kierkegaard, tanto por la matizada técnica narrativa como por el agudo estudio psicológico. Y es cierto, pues el supuesto estudiante Liu, que entra en la casa Rasimkara como secretario, posee todos los atributos del seductor, es atractivo, inteligente y culto, a la vez que entretenido y solícito, y en poco tiempo conquista la confianza de todos los miembros de la familia, amén de enamorar a la hija menor. Observa divertido como caen todos en sus redes y calcula con frialdad el atentado, pero no porque esté movido por el odio o su conciencia social sino para hacer su voluntad: «Querer es poder, solo hace falta audacia para tener voluntad». La relación que se establece a lo largo de su convivencia con sus afables patrones no le hace abandonar su actitud de frío distanciamiento con la que observa como un entomólogo a sus víctimas: «Sin duda sería una pena ver caer al gobernador, que es un excelente ejemplar de su especie».

Frente al cinismo de unos y la indolencia de otros, especialmente del autocomplacido hijo Velia, se vuelve dudoso todo el armazón ético del mundo de los Rasimkara. Como de pasada, Huch plantea aquí la cuestión de la legitimidad de cualquier ideología, creencia o construcción social. Esta se resume a través de la resignada conformidad de Lusinia Rasimkara, la esposa del gobernador, por cierto, uno de los personajes más conmovedores del libro: «Dios mío, todo el mundo tiene razón, todos los que odian y asesinan y calumnian; Dios mío, ¡qué mundo este!»

El encanto del libro reside, no por último, en su lenguaje (traducido con solvencia por Carmen Colomines y Christian Frisch). En primer lugar es el lenguaje del cariño y de la dulzura que se dispensan los miembros de la familia entre ellos. Y, a pesar del guiño irónico que la autora hace a su ñoñería «pija», revela la importancia de los afectos de una época pasada que maravillará al lector contemporáneo. Otra gran baza del libro es, como ya se dijo, su penetración psicológica, que además refleja muy bien el pensamiento en boga alrededor de 1900, cuando Freud acababa de publicar su *Psicopatología de la vida cotidiana.* Este gran conocimiento del alma humana, junto a la vivacidad de la exposición, hacen de *El último verano* una lectura no solo provechosa sino verdaderamente deliciosa.

El último verano

De Liu a Konstantín

Kremskoie, 5 de mayo de 19...

Querido Konstantín:

Acabo de tomar posesión de mi nuevo cargo y quería contarte cómo se presentan las cosas. No dudo de que conseguiré mi objetivo; las circunstancias parecen ser incluso más favorables de lo que suponía. He despertado simpatía en toda la familia del gobernador; nadie muestra la más mínima desconfianza hacia mí. En realidad, es natural: solo nosotros, los que estamos al corriente, podríamos temer lo contrario. En caso de que el gobernador haya pedido referencias sobre mí, es imposible que estas sean desfavorables: desde la escuela primaria hasta la universidad mis notas son brillantes, y lo único que quizás podría hablar en mi contra –el hecho de que me llevo muy mal con mi padre– no constituye un argumento de peso, ya que todo el mundo conoce su carácter tiránico y excéntrico. Aunque me inclino a creer que el gobernador no ha pedido ningún informe; su confianza es tal que casi rozaría la ingenuidad si no fuera porque su inocencia tiene que ver más bien con su intrepidez y con su juicio erróneo sobre el ser humano. Además, me parece que mi empleo aquí es obra de su mujer, quien, temerosa por naturaleza, no piensa más que en el modo de proteger la vida de su marido desde que recibió la carta amenazadora. Tampoco ella es desconfiada: si por un lado presiente peligros imposibles en todos los rincones de la casa, por el otro sería capaz de ofrecer un plato de sopa al asesino si creyera que el pobre hombre no ha comido nada caliente.

Me contó que fue precisamente tu carta lo que le había sugerido la idea de contratar a un joven que, con el pretexto de trabajar como secretario para su esposo, protegiera a este de posibles atentados sin que lo notara. Sin embargo, según me dijo, ha sido incapaz de mantener en secreto ante su marido tanto sus temores como su plan. Solo tras los ruegos encarecidos de su mujer, y para que lo dejara en paz, el gobernador acabó por acceder a su propuesta, en parte también porque últimamente sufre una dolorosa neuralgia en el hombro derecho que le dificulta la escritura. Como contrapartida, él puso la condición de que al menos durante la noche sea exclusivamente su esposa quien lo proteja. Los dos se rieron, y el gobernador añadió que ella es una experta en la fortificación del dormitorio, lo que a él le permite encomendarse a su cuidado: su esposa nunca se acostaría sin haber examinado antes todos los armarios y especialmente detrás de las cortinas, que en su opinión son los escondrijos preferidos de los malhechores. Por supuesto, apuntó ella con vehemencia, hay que tener cuidado. Pero no es miedosa, desde luego: si hasta deja las ventanas abiertas por la noche, porque le encanta el aire fresco; sin embargo, está pensando en la posibilidad de instalar rejas, ya que como la puerta de la casa permanece cerrada, a cualquiera que viniese con malas intenciones no le quedaría más remedio que entrar por la ventana. No obstante, prosiguió, le parece que ahora, desde que estoy en la casa, se siente más tranquila. Su expresión rebosaba simpatía al pronunciar estas palabras. Yo le dije: «Eso espero; me reprocharía a mí mismo y a mi profesionalidad cualquier preocupación que todavía tuviese». En el transcurso de la conversación entró su hijo en la habitación. Me miró con cara de inquietud y preguntó: «¿Ya empieza usted hoy con su trabajo?». Aquellas palabras nos hicieron reír tanto a todos que el ambiente se distendió enseguida. Este hijo, llamado Velia, es un muchacho guapo y muy gracioso. No es mucho más joven que yo, pero todavía juega como un niño de cinco años, solo que sus juguetes ya no son los mismos. Estudia Derecho para después seguir la carrera diplomática, pero nadie lo diría. Es un chico inteligente y moderno, posee innumerables talentos que aún no se han definido y está expuesto a cualquier influencia externa; su carácter consiste en no tener ninguno, y esto lo hace por completo irrelevante. En cualquier cosa él solo ve el lado al que añadir un *bon mot*, y su mayor encanto está en el aire indolente con que lo pronuncia.

Aparte de Velia, en la casa hay dos hijas, Yéssika y Katia. Tienen entre veinte y veintitrés años, son rubias, guapas y se parecen como dos gotas de agua. Al principio su actitud hacia mí era negativa, porque consideraban ridículo el miedo de su madre y temían que yo perturbara su retiro veraniego. Pero ahora, como mi apariencia les parece atractiva y de buen gusto, y como Velia, al que consideran su modelo, se siente atraído hacia mí, han empezado a ver mi presencia con buenos ojos.

Estos tres niños me recuerdan –no sé por qué– a pequeños canarios que, pegados unos a otros en la percha de su jaula, gorjean alegremente. En general toda la familia posee una especie de inocencia infantil, que podría ridiculizar –a mis propios ojos– tanto mi persona como mi misión. Pero conozco lo suficiente el alma humana como para saber que lo que subyace en este carácter es una soberbia desmesurada. El odio e incluso la malevolencia adoptan una cierta familiaridad en estas personas; en el fondo, se sienten solas en un mundo que les pertenece. Los demás habitantes de la casa no son relevantes para ellos ni interfieren en su placidez. La servidumbre está compuesta por un cochero llamado Iván, que bebe y a quien Velia llama «abuelito», y tres criadas; son gentes de la Vieja Rusia, que todavía se sienten como siervos y adoran a sus amos, pero que en el fondo los juzgan con una supremacía inconsciente, porque están más cerca de los orígenes. Son seres bondadosos que me infunden un cierto respeto, como los animales.

Estas son mis primeras impresiones; pronto tendrás más noticias mías.

Liu

De Velia a Peter

Kremskoie, 6 de mayo

Querido Peter:

Ya me he resignado a quedarme aquí, en el campo, durante todas las vacaciones de papá. ¡Qué tontería eso de cerrar la universidad! Yo estaba en lo cierto cuando recomendaba calma: era fácil de prever que, en caso de conflicto, nos llevaríamos la peor parte. Pero tú, naturalmente, tenías que lanzarte como un desenfrenado, de manera que ha sido por pura casualidad que mi padre no te ha mandado a la horca. No constituye ninguna deshonra ceder ante el más fuerte; lo que es una estupidez y una locura es querer ir en su contra. Yo no soy estúpido ni loco. Si no fuese por la pena que me dan esos pobres muchachos, que llevados por una pasión desaforada han caído irremediablemente en la trampa, me olvidaría de toda esta historia. Al fin y al cabo aquí se disfruta del verano como en ningún otro sitio, y si me hubiera quedado en San Petersburgo no me habría librado tan fácilmente de la aventura con Lisabeth, que había empezado de forma algo atolondrada. Puede que mamá y papá sean un poco anticuados, pero tienen juicio y buen gusto, y su trato cotidiano es mucho más agradable que el de esos salvajes con los cuales te gusta rodear tu cuerpo de paquidermo antediluviano. Es verdad que a papá no se le puede contradecir seriamente si uno quiere tener paz y tranquilidad en la mesa, pero mamá, a quien le divierte escuchar de vez en cuando una opinión un poco rebelde, se enfrenta a él con cierto entusiasmo, cosa que a papá le gusta si se mantiene dentro de unos límites razonables. Sin embargo, cuando él tose enérgicamente o frunce el entrecejo, ella cede de inmediato con la intención de darnos un ejemplo de sumisión. Por cierto, Katia también está aquí, de modo que el ambiente no solo es soportable sino realmente agradable.

Ha llegado el ángel de la guarda. Mamá está convencida de que tiene el don de apartar de papá y atraer hacia sí cualquier veneno, arma, cartucho de dinamita o desgracia, y lo aprecia infinitamente. Pensábamos que sería un hombre de barba ancha, corpulento y con un discurso arrogante, pero en lugar de eso es un joven delgado, bien afeitado y tan discreto como un inglés. Me ha contado que su padre le pidió que solicitara una cátedra –resulta que estudió Filosofía–, pero él no quiere hacer carrera y además siente una especial aversión hacia la casta de los filósofos. Para obligarlo, su padre lo privó de todos los recursos económicos, y por eso fue que tuvo que aceptar este empleo, para el cual, en el fondo, no se cree muy capacitado. «Creo que en primer lugar podría ser útil tranquilizando un poco a su señora madre –me dijo–, y esto no me parece muy difícil, ya que ella tiene la amable virtud de no dudar y me tomará por un pararrayos nato a poco que me esfuerce en presentarme como tal». «Ojalá que no se aburra en esta función», repuse. Él se rio y contestó: «Yo nunca me aburro. El hombre, esté donde esté, se encuentra siempre en el centro de un misterio. Pero aparte de esto, me encanta la vida en el campo y la buena compañía, así que aquí no me falta nada». Tiene una mirada perspicaz y estoy convencido de que ya nos ha analizado y clasificado a todos de forma acertada. Él mismo se cree impenetrable, pero a pesar de su aparente frialdad lo considero atrevido, muy apasionado y ambicioso. Sería una lástima que un día se convirtiera en catedrático. Tengo la sensación de que quiere más y sabe más que otras personas. Sus convicciones seguramente no son menos revolucionarias que las nuestras, pero hasta ahora su conversación no me ha permitido descubrir nada sobre él. Es esa objetividad lo que más respeto me infunde, en especial porque no impide que su conversación resulte estimulante. Yéssika y Katia son, desde luego, muy sensibles a su discurso, pero no hace falta que te pongas celoso todavía, viejo dinosaurio.

Un abrazo,
Velia

De Yéssika a Tatiana

Kremskoie, 7 de mayo

Querida tía:

Como es un secreto celosamente guardado –y así debe seguir siéndolo– que mamá ha empleado a un secretario cuya verdadera misión es proteger a papá de las bombas que lo amenazan, supongo que este hecho ya debe de ser archiconocido. Quizás sea mejor así, que la noticia se divulgue lo máximo posible, ya que de este modo los anarquistas no se pondrán a lanzar bombas sin más, facilitando así el trabajo de nuestro ángel de la guarda. Como ves, quiero lo mejor para él, y se lo merece, aunque solo sea por el efecto tan favorable que su presencia ejerce sobre el estado de ánimo de mamá: el primer día, mientras comíamos, mamá le preguntó qué había soñado, alegando que el primer sueño que se tiene en un nuevo lugar es muy significativo. Creo que no había soñado nada, pero procedió sin vacilar a contar una larga historia: que se encontraba en el interior de un palacio maravilloso paseando tranquilamente de una sala a otra, las cuales describió hasta el último detalle. Al rato, siguió contando, llegaba a un salón que estaba completamente a oscuras y en el umbral lo asaltaba una angustia inexplicable; dudaba a la hora de entrar, pero al cabo de un instante se calmaba y luego se detenía otra vez, tras lo cual se despertó con el corazón desbocado. Mamá abría cada vez más los ojos mientras lo escuchaba. «Qué suerte que no haya entrado –dijo–, seguro que había algo terrible en ese salón». «Sí, quizás una bañera», repuso Velia impasible. No pudimos evitar reírnos, y como Katia empezó cuando los demás ya habíamos terminado, las risas se prolongaron. «Por favor –le pedí–, siga soñando esta noche y dese un baño para que mamá esté tranquila, ya que bañarse solo puede significar un buen augurio». Mamá respondió que no, que el agua es ambigua, y que solo el fuego es un símbolo inequívoco de buena suerte. Justo la noche anterior había tenido un sueño de esos, dijo, y a continuación nos lo contó. Tenía mucha gracia: ella y papá se disponían a acostarse cuando se dieron cuenta de que sus camas estaban en llamas. Eran unas llamas hermosas, claras y sin humo (¡eso era muy importante!), y ella no paraba de soplar pensando que así podría apagar el fuego. Entonces papá, que casi no podía hablar de la risa, gritaba: «Pero Lusinia, ¡deja de soplar!», y ella también se echaba reír. Se había despertado riendo. Mamá relacionaba este sueño con Liu, cuya llegada, asegura, nos traerá suerte. Liu es el nombre de nuestro ángel de la guarda. Refiriéndose al sueño de mamá, él explicó de dónde venía la creencia popular sobre el augurio de los sueños, por qué el agua y el fuego tienen el mismo significado entre los pueblos y qué hay de cierto en todo ello. Por desgracia no te lo puedo explicar tan bien como lo hizo él. Papá, que también lo escuchaba con gran interés aunque en el fondo no sabe nada de sueños ni de esas cosas, dijo al fin tras soltar un suspiro: «Usted sería el secretario idóneo para mi mujer». Ahora quiero contarte algo gracioso que ha pasado este mediodía. Le pregunté a Velia si quería más pudin y él respondió, como de costumbre: «Señor, hágase tu voluntad». Liu lo miró con curiosidad y entonces mamá explicó que esa era la expresión favorita de Velia para dar a entender que algo le resulta indiferente. Mamá, sin embargo, recalcó su deseo de que algún día Velia abandone ese mal hábito, ya que no soporta la profanación de lo sagrado. «¿Profanación de lo sagrado? –preguntó Velia sorprendido–, ¿qué quieres decir con eso?». «Hombre, Velia –dijo mamá, indignada–, ahora no pretendas hacernos creer que no sabes que esas palabras son de la Biblia!». «¡No, de veras! –exclamó Velia–. Si hubiera tenido la más mínima idea de que la Biblia contiene frases tan corruptas, incluso yo la habría leído». ¡Un buen chico! El más sincero asombro brillaba en sus ojos abiertos como platos. Liu no paraba de reírse; creo que Velia lo ha cautivado.

Papá tiene los nervios en muy buenas condiciones. Ha reñido una vez a Iván porque pensaba que estaba borracho –casualmente, en ese momento no lo estaba–, y otra ha refunfuñado porque le parecía que el arroz se había pegado, pero hasta ahora no ha montado ningún escándalo, y eso que ya llevamos cuatro días en el campo.

Querida tía, cada día pongo ramos de tomillo, lavanda y romero en la habitación de huéspedes; no solo en la mesa, sino también dentro de los armarios y de las cómodas para que así toda la habitación vaya impregnándose de agradables olores. Recompensa mis esfuerzos visitándonos.

Con cariño,
Yéssika

De Katia a Peter

Kremskoie, 9 de mayo

Querido Peter:

Eres un bobo si de verdad te has ofendido porque no estaba en casa cuando viniste a despedirte. ¿Cómo iba a saber que vendrías? Y, además, había ido a ver a la vieja esposa del general, y te aseguro que no es ningún placer. Sentirse ofendido es de pequeñoburgués; espero que Velia me haya mentido. Si no fuera porque me parece muy indignante que papá haya cerrado la universidad, me alegraría de estar aquí. No hago otra cosa que comer, dormir, leer e ir en bicicleta. Aunque no tiene dinero, el nuevo secretario es muy elegante, apuesto y prodigiosamente inteligente. Viene a pasear en bicicleta con nosotros, pero no le gusta mucho: dice que ir en bici es anticuado y que en los tiempos modernos habría que ir en automóvil. Creo que tiene toda la razón, y queremos convencer a papá de que compre uno; mientras tanto, nos hemos suscrito a una revista automovilística.

Saludos,
Katia

De Liu a Konstantín

Kremskoie, 10 de mayo

Mi estancia aquí es fascinante desde el punto de vista psicológico. Esta familia tiene todas las cualidades y todos los defectos propios de su clase social. Quizás ni siquiera pueda hablarse de defectos, ya que en realidad solo tienen uno: pertenecer a una época que debe desaparecer y constituir un obstáculo para el desarrollo de una nueva. Es doloroso ver que talan un árbol viejo y hermoso para hacer sitio a una vía ferroviaria; uno le hace compañía como a un viejo amigo y lo contempla con admiración y tristeza hasta su caída. Sin duda, sería una pena ver caer al gobernador, que es un excelente ejemplar de su especie, pero creo que su apogeo ya ha pasado. Si fuera consciente de ello y dimitiese, o si lo hiciera para no arriesgar su vida, nadie se alegraría tanto como yo. Pero es demasiado orgulloso para actuar así. Cree que solo los que trabajan y rinden tienen derecho a vivir y, en general, es incapaz de imaginar una vida sin trabajo; por eso quiere permanecer en activo y cree que siguiendo los consejos de los médicos poco a poco recuperará la energía. El otro día se durmió sentado ante su escritorio, lo cual me permitió observarlo tranquilamente. Al no estar animado por su oscura y apasionada mirada, su rostro parecía decaído y agotado, aunque sin perder del todo la impresión de virilidad madura que suele transmitir. Al despertar, se enderezó de golpe, me dirigió una mirada fugaz y se quedó visiblemente tranquilo al comprobar que en apariencia yo no había notado nada. Es propio de él no reconocer que se siente cansado o somnoliento. Por eso le complace que lo libere de los pocos asuntos que despacha aquí durante las vacaciones o que al menos se los aligere. Me lo dice abiertamente, pero no le gustaría que alguien pensara que está demasiado cansado para hacerlo solo; es más, se sentiría infeliz con solo imaginarlo. El gobernador, al igual que muchas personas con fama de severas y despiadadas en el cargo, en su vida privada es benévolo con todo el mundo e incluso de una infinita bondad cuando se encuentra ante una persona indulgente y sumisa. La insubordinación le provoca desconcierto, ya que en el fondo siente que nada más debe hacerse su voluntad, y es lo bastante ingenuo para dar por hecho que esta debería constituir la norma para los demás. Me recuerda un sol hermoso y fiel, aunque intransigente, que procura mantener su sistema: da vida, calienta e ilumina con todas sus fuerzas, y no duda de que los planetas encuentran su ideal en girar eternamente a su alrededor. En realidad, no cree que existan cometas o anomalías, a menos que se produzcan en él mismo. Supongo que si uno de sus satélites desertara, más que ponerse furioso se volvería loco. En general, sus hijos hacen lo que les da la gana –aunque en teoría no atentan contra su soberanía– precisamente porque son sus propios hijos, y él un hombre de fuertes instintos pero comodón en el fondo, lo que no deja de ser compatible con su amor al trabajo; en casa quiere un ambiente agradable.

Velia es un joven encantador, aunque aquí está fuera de sitio. Tiene el alma de un joven pescador napolitano o del favorito de un príncipe: lleva ropas bonitas, dice cosas graciosas y atrevidas, y no distingue muy bien entre vida y sueño. Las dos hijas no son tan idénticas como pensaba al principio, ni siquiera en apariencia. Ambas son más bien bajitas y una cascada de rizos rubios les enmarca el tierno rostro, pero por lo demás resultan tan diferentes la una de la otra como una rosa de té y una rosa de Provenza. Cuando Yéssika anda es como si una brisa suave hiciera volar por la habitación un pétalo que acaba de desprenderse de la flor; Katia es una persona con los pies en el suelo y aparta enérgicamente todo lo que se interpone en su camino. Yéssika es delicada, a menudo le duele algo y su fragilidad le confiere un encanto especial y refinado. Uno tiene la impresión de que si la abrazara le haría daño. Katia es sana, sincera, pero poco femenina; una niña despierta, temperamental y encantadora. Yéssika tiene a veces un aire lánguido, pero suele sorprender con alguna ocurrencia graciosa que nunca es hiriente, sino más bien una especie de caricia intencionada. Es un placer influir sobre estos jóvenes, y por el momento estoy disfrutando de ellos; lo difícil y duro no tardará en llegar.

Liu

De Yéssika a Tatiana

Kremskoie, 10 de mayo

Querida tía:

¿Dices que estás intranquila a causa de nuestro protector, que ha venido justamente para tranquilizarnos? ¿Crees que estoy encantada con él y que mi carta deja entrever una alegría sospechosa? Dios mío, ¡claro que lo encuentro agradable, porque su presencia ha disipado las preocupaciones de mamá! Tranquilízate, querida tía, si se enamora de alguien será de Katia, cuyo corazón, según tú, no es tan frágil como el mío. ¿O es que temes que Peter se ponga celoso? ¿Sabes una cosa? Creo que Katia nunca se enamora de verdad; ahora mismo está con Velia entre los groselleros, los dos comen con la misma voracidad y la misma despreocupación que hace diez años, como si por ello les fueran a dar una condecoración.

Hacía mucho tiempo que no veía a mamá tan tranquila y alegre. ¡Dios mío, si pienso en los últimos días en la ciudad, en los ataques que le daban cuando papá tardaba en volver a casa media hora más tarde de lo que ella había calculado! El otro día no lo encontró en su habitación ni en el resto de la casa, ni tampoco en el jardín, y ya empezaba a ponerse nerviosa cuando nuestra Mariushka le dijo que el señor gobernador había salido a pasear con el señor secretario. Se serenó enseguida y me pidió que cantara un dúo con ella, asegurando que tengo una voz encantadora, al tiempo que gorjeaba como un ruiseñor en una novela de amor. Esta tarde, papá estaba todavía medio dormido cuando lo han llamado para tomar el té. Mamá ha cogido sus impertinentes y, mirándolo atentamente, le ha preguntado con voz cariñosa: «¿Por qué estás tan pálido, Yégor?». «¡Por fin! –ha exclamado papá–. Ya pensaba que no me querías; llevas ocho días sin preguntármelo». Naturalmente, se trataba de una broma, pero si la ansiedad de mamá, de la que él tanto se ríe, desapareciese de verdad algún día, se sentiría realmente desatendido: así es el señor gobernador.

Ahora me acuerdo, queridísima tía, de que todavía no sé si te has curado por completo de tu resfriado ni si aquel fatal y misterioso dolor de tu dedo meñique ha desaparecido, ni si vienes ni cuándo. ¡El saúco está floreciendo, los castaños están floreciendo, todo lo que es capaz de florecer está en flor!

Con cariño,
Yéssika

De Velia a Peter

Kremskoie, 12 de mayo

Querido Peter:

Mostrándote celoso te pones en ridículo delante de Katia. Además, ¿para qué? En todo caso deberías estar celoso de mí, pero eres demasiado simple para darte cuenta de ello. Liu le hace la corte a Yéssika; es decir, la mira y la domina con los ojos, ya que ella, naturalmente, ha caído en la trampa. Liu es una persona fantástica; casi diría que es una persona «sin alma», si se puede llamar así a un elemento que es todo fuerza. Supongo que no le remuerde la conciencia por hacer infeliz a Yéssika o a cualquier otra chica; si tienen el coraje de entregarse a él por completo, también deberían ser lo bastante valientes para dejarse destruir. ¿Por qué las chicas se dejan atraer tanto por la luz? Su único destino posible es el de acabar con las alas quemadas, como las polillas. Por otro lado, Liu nunca sacrificaría a una chica para satisfacer su propia vanidad, como es propio, a fin de cuentas, de la mayoría de hombres. Solo las destruye de paso, igual que el sol, por ejemplo; no deberían acercarse demasiado a él, pero claro, no pueden evitarlo. Por fortuna Katia es diferente, y por eso la quiero tanto, aunque no me gustaría que todas fuesen así.

Ayer Katia y yo descubrimos en el pueblo una tienda turca de dulces donde venden unas cosas buenísimas, de color rosa, pegajosas, transparentes y gomosas. El vendedor tiene todo el aspecto de un turco auténtico, y nunca en mi vida he comido nada tan dulce. Creo que cuanto más se acerca uno al sudeste, más ricos son los dulces. Katia y yo no parábamos de comer, y el turco nos miraba con sus grandes e inexpresivos ojos de vaca. Finalmente ya no pudimos más y dije: «Tenemos que parar». «¿Se les ha acabado el dinero?», preguntó él. Creo que nos tomaba por unos críos. «No me siento bien», expliqué. Su rostro amarillento seguía impasible; me parece que si hubiéramos explotado delante de él, ni se hubiera molestado en pestañear.

En el pueblo nos encontramos con una chica muy mona con la que solíamos jugar cuando éramos niños. Entonces nos parecía feísima porque era pelirroja y nos burlábamos de ella. Ahora, en cambio, la encontré preciosa. «Eh, Anetta, ¿ya no eres fea?», le dije, y ella replicó: «Velia, ¿y tú, ya no eres ciego?». No pude responder porque Katia estaba allí, pero asentí con la cabeza y ella me entendió.

Velia

De Lusinia a Tatiana

Kremskoie, 13 de mayo

Querida Tatiana:

Dime, ¿por qué estás tan convencida de que mis hijas tienen que enamorarse de Liu? Siempre las he considerado demasiado inmaduras para el amor; Katia realmente es una niña todavía. Pero ahora que has hecho que me centre en este asunto, temo que Liu pueda ser peligroso: es masculino, valiente, inteligente, interesante y atractivo, todas las cualidades que impresionan a una jovencita. No obstante, tengo que decir a su favor que se muestra más bien reservado con mis dos pequeñas; posiblemente ya esté comprometido. Sí que me he dado cuenta de que Yéssika lo admira; cuando él habla, no le quita los ojos de encima, está más comunicativa de lo habitual y no para de soltar ocurrencias graciosas. No se me había ocurrido que hubiera nada malo en ello y, sencillamente, me alegraba verla tan feliz. Tatiana, si quieres invitarla y ella tiene ganas de visitarte, yo no pondré ningún tipo de impedimento. Tal vez sea mejor así. ¡Mi pobre pequeña Yéssika! ¡Imagínate si lo amara! Si él no la quisiera, sufriría, pero tal vez sufriría más si él la amase. No, Liu no es un hombre para ella. Lo entiende todo, pero nunca pierde el control sobre sí mismo. No posee sensibilidad alguna para nimiedades e insensateces o, si la posee, es la de quien colecciona hierbas para un herbario. Nunca se entrega, solo absorbe. Lo creo capaz de muchas cosas, por ejemplo de convertirse algún día en un hombre muy famoso; de todas formas, necesita ese aire de superioridad en el que mi pequeña no podría respirar.

Lo que resulta extraño en él es el vívido interés que demuestra por todos nosotros, su receptividad para con nuestras cualidades y la manera tan natural que tiene de aceptar la confianza que le mostramos, sin dar a cambio nada de sí mismo. No quiero decir que no sea una persona abierta, ya que contesta sinceramente y con lujo de detalle a todas las preguntas que se le formulan. Quizá tampoco pueda decirse que es un hombre cerrado: habla mucho, por lo menos, y siempre sobre temas que realmente le importan. Sin embargo, una no tiene la sensación de conocerlo a fondo. He llegado a pensar que en su vida tal vez haya secretos que lo obligan a guardar una cierta reserva, pero no me preocupa, porque estoy segura de que no se trata de nada malo. El otro día estábamos hablando de mentiras. Entonces Liu dijo que en ciertas circunstancias las mentiras podrían convertirse en un arma en la lucha de la vida, un arma no peor que otras; solo mentirse a uno mismo sería despreciable. «¿Mentirse a uno mismo? –preguntó Velia–. ¿Cómo se hace eso? Yo nunca me creería». Liu se rio, feliz, y no pude evitar imitarlo, pero le dije a Velia que había sido un chiste malo. «Aquí es imposible contarlos mejores –repuso mi hijo–, porque entonces Katia no los entendería». Bueno, de hecho solo quería comunicarte –y de esto estoy absolutamente convencida– que Liu nunca se mentiría a sí mismo, y eso para mí es lo más importante. Tal vez su máxima sea peligrosa, pero es la que corresponde a un hombre distinguido.

Querida hermana de mi amado marido, si no fuera porque estoy rodeada de mis hijos ya crecidos, podría imaginarme que estoy de luna de miel. ¡Ojalá nunca tuviéramos que volver a la ciudad! Yégor ha empezado otra vez a tocar el piano, porque no sabe estar sin hacer nada, y yo, que no tengo en absoluto esa clase de problemas, lo escucho y sueño. ¿Te acuerdas de cuando le llamaba «mi inmortal»? Ahora, cuando lo miro, a veces siento que algo ha cambiado: no son las canas, que ya dominan en su pelo negro, ni las profundas sombras que le asoman con frecuencia por debajo de los ojos, ni las severas líneas que le oscurecen el rostro, sino algo innombrable que rodea todo su ser. Una vez, incluso tuve que levantarme de golpe y salir corriendo, porque se me saltaban las lágrimas, y cuando llegué al dormitorio me puse a gemir con la cara hundida en la almohada: «¡Mi inmortal, ay, mi inmortal!». ¿Lo ves? No es raro que haya locos, pero que hasta las personas más razonables puedan sufrir algún día un ataque de locura, eso sí que es lamentable.

Un abrazo,
Lusinia

De Liu a Konstantín

Kremskoie, 15 de mayo

Querido Konstantín:

Tendría que habérmelo imaginado, pero querría equivocarme en mis previsiones. Da la impresión de que estoy aquí con el fin de realizar un estudio psicológico. Te parece que estoy desarrollando una gran sensibilidad para la vida familiar; dices que lo mismo podría haberme ido a Odesa a visitar a mi tía abuela y no sé qué otras cosas. ¿Qué quieres? ¿Esperabas que me abalanzara sobre mi víctima como un caníbal hambriento, un rival lleno de odio o un marido engañado? Estábamos de acuerdo en que no queríamos actuar como esos fanáticos que al cometer un atentado les parece más importante quitarse la propia vida que acabar con la de sus enemigos. Queremos conseguir nuestro objetivo sin poner en peligro nuestra vida, nuestra libertad, ni siquiera nuestra reputación, ya que hemos de llegar aún más lejos y sabemos que no somos fácilmente sustituibles. Si tuviéramos prisa, habría actuado de otra forma; pero el juicio contra los estudiantes no comienza hasta principios de agosto, y las vacaciones del gobernador duran hasta entonces. Dispongo de tres meses, de los cuales solo ha pasado medio. Por el momento voy situándome, conociendo a la gente y los alrededores y esperando una ocasión. Está claro que habría matado al gobernador hace tiempo si solo se tratara de eso; a menudo he estado a solas con él, tanto en la casa como en el jardín y en el bosque; pero habría actuado incorrectamente. Ahora, aunque me aprecian y casi diría que me quieren, sigo siendo un extraño y levantaría sospechas, pero dentro de unas semanas seré como un miembro más de la familia. Si no recuerdo mal, hace poco te escribía en una carta que había estado sentado a su lado mientras dormía, observando la parte de su cara vuelta hacia mí: las cejas negras y anchas –un indicio de gran vitalidad–, la clara y pronunciada curva de la nariz, el fuego y la nobleza de cada uno de sus rasgos. La pasión, templada por una sensibilidad exquisita, también me parece uno de los principios de su carácter. ¡Es un ser maravilloso! Mirándolo, pensaba en lo mucho que me gustaría hacer receptiva esa cabeza a mis ideas y mis intenciones, en lugar de destruirla con una bala. También debes tener en cuenta que si lograra dominarlo o influir sobre él quizá no habría necesidad de asesinarlo. Pero de la misma manera quiero añadir que esta posibilidad me parece remota: así como en las cosas pequeñas es igual que la cera, en las importantes es como el hierro. Si quiere algo con determinación, ni el temor ni el amor pueden hacer que cambie de opinión; así es como lo veo hasta ahora.

El chico es diferente; su indolencia es tal que se muestra agradecido si uno se pliega a su voluntad; solo hay que obrar con cautela. Su falta de prejuicios es sorprendente. No parece que la tradición lo domine; es como si nada lo atara al pasado, a la familia o a la patria. Me recuerda un viejo cuento en el que un huérfano pretende ser hijo del sol; también me lo recuerda su piel morena y dorada. Cuando converso con él casi no tengo que ocultar mis pensamientos; es tan ingenuo que ni siquiera le extraña que, con mis convicciones, haya aceptado un empleo en casa de su padre. Encuentra natural que un hombre inteligente piense como yo, y que paralelamente desempeñe cualquier papel que se corresponda a sus gustos y pueda serle útil para su futuro profesional. Le he cogido cariño y me alegro de no tener que hacerle daño. Katia piensa como su hermano, en parte quizás por amor hacia él. Para tratarse de una chica es muy inteligente y sensata, pero por más razonable que se muestre cuando habla, siempre parece un pajarito hermoso trinando sobre una rama, y en ello reside su encanto.

Konstantín, no me hagas más reproches. En caso de que realmente existieran motivos para reprocharme algo, ya lo haría yo mismo. Y, precisamente por eso, nadie más tiene derecho a hacerlo.

Liu

De Yéssika a Tatiana

Kremskoie, 15 de mayo

Tía, oh bondadosa tía, ¡me has invitado a hacerte una visita! Agradecida, beso tu dulce mano. Quizás vaya, incluso cuando menos te lo esperes; pero querida, ¿no sabes que tengo obligaciones aquí? No puedo irme sin más. Debemos llevar las riendas de una casa y ya sabes que aun el mejor servicio precisa la inspiración de un ser superior. Compadezco a la cocinera, que no contaría con ninguna ayuda para satisfacer nuestros múltiples caprichos. A papá le entusiasman los tomates rellenos, pero detesta la salsa de tomate, que a mamá le encanta, mientras que Velia siente una gran pasión por los tomates en ensalada y Katia solo los come crudos. A Katia no le gusta el arroz dulce, a papá no le gusta el arroz con especias y yo no como arroz con leche. Ninguno de nosotros come col, pero cada día queremos verdura fresca; así podría continuar durante páginas y páginas. Ninguna cocinera del mundo sería capaz de recordar todo eso y la nuestra, además, no sabe leer. Si yo me fuera, mamá tendría que pensar en todo –a Katia no se le ocurriría–, y eso me sabría mal. Va todo el día de un lado a otro y está feliz de tener por fin a su marido solo para ella y en un lugar seguro. No es el momento de cargarla con estúpidas labores domésticas.

¡Tal vez me consideren una personita insignificante! Pero te aseguro que se lamentarían cuando no encontraran el té o el café con el punto justo de azúcar, leche o limón, o cuando las rodajas de naranja no estuvieran cortadas tan finas como de costumbre, o cuando los lápices y las tijeras estuvieran en otro lugar, o cuando yo no encontrase en el momento preciso los paraguas extraviados. Sí, ¡así soy yo! Ven un día y te convencerás de que soy imprescindible.

Ahora bien, si crees que me merezco un premio o una recompensa, tía Tatiana, puedes enviarme una pieza de batista lila para hacerme una blusa y entredoses y puntas a juego. No tengo nada lo bastante ligero para el calor que hace; nadie tiene tan buen gusto como tú y por eso te pido que te encargues de ello, amable tía.

Con sincero agradecimiento,
Yéssika

De Velia a Peter

Kremskoie, 17 de mayo

Querido Peter:

Me había equivocado: Liu, en el fondo, es un revolucionario, solo que hay algo en él que hace que sus ideas se eleven muy por encima de lo corriente. Pero..., ¿cómo puedo explicártelo, mi querido megaterio? Él piensa y al mismo tiempo se sitúa más allá de lo que piensa. No considera sus reflexiones ni definitivas ni absolutas; por eso se mantiene al margen de partidismos, porque ve más allá de estos. Dice que frente a la vieja generación la nueva tiene razón, aunque pensándolo bien, los jóvenes casi tienen menos razón que los viejos. Naturalmente, tú no lo entiendes porque careces tanto del concepto como de la cualidad de la ironía aplicada a uno mismo. No os dais cuenta de lo ridículos que resultáis cuando perdéis el control hablando de la decadencia de la vieja cultura sin tener ni la más remota idea de lo que significa la palabra cultura en sentido estricto. Pero no pasa nada, viejo saurio, estoy totalmente de tu parte. Mi padre es gracioso: considera a Liu una persona agradable, inteligente y divertida, pero hasta ahí llega su perspicacia. No se le pasa por la cabeza que un hombre vestido decentemente, que lo trata con cortesía y no lo contradice pueda moverse fuera de su sistema. Mamá es, no sé muy bien cómo llamarlo, mucho menos limitada. Por lo menos ve con claridad que está muy lejos de comprender todas las facetas de la personalidad de Liu; nota algo extraño en él, aunque sea incapaz de precisar de qué se trata. El otro día le dijo que el cargo que ocupa en nuestra casa no se correspondía ni con su talento, ni con sus conocimientos, ni con su capacidad de trabajo ni con su sueldo; que no debería haberlo aceptado. Liu contestó que había esperado disponer de más momentos libres trabajando como secretario particular, y que los dedicaría a terminar una obra filosófica, su próximo objetivo. Mientras lo escuchaba, mamá se ruborizó y señaló que sin duda debía de sentirse decepcionado, ya que en casa le robamos demasiado tiempo. Creo que Liu ya se había olvidado de que estaba aquí para interceptar asesinos y bombas, mientras que mamá piensa que se desvive por esta tarea difícil de definir. Desde entonces, ella lo invita a menudo a retirarse a su habitación para trabajar y considera que papá es muy exigente cuando quiere dictarle una carta fuera del horario establecido. También podría comprarse una máquina de escribir, dice ella. Sería injusto afirmar que mamá explota a la gente.

Por el momento nos dedicamos a convencer a papá de que compre un automóvil; ya está casi decidido. En la mesa hablamos siempre de las últimas carreras de automóviles y discutimos sobre si es más barato un autómovil de gasolina o uno eléctrico. Liu opina que quizás fuese mejor esperar un poco y comprar directamente un dirigible. A papá le ha entusiasmado la idea, y al calcular los costes, un automóvil le ha parecido una cosa vulgar y de pequeñoburgueses. A Liu no le gusta la música; sostiene que es un arte primitivo, por lo menos la que se conoce hasta ahora. Quizás esto cambie con el tiempo; Richard Wagner ya ha dado algunos indicios de esta posibilidad. Dice Liu que la musicalidad de nuestra familia es primitiva y creo que está en lo cierto, sobre todo en lo que a papá se refiere. Papá toca bien, su música es tan bella como el susurro del bosque o el silbido del viento; tiene algo de demoníaco. La obsesión, sin embargo, no es un factor cultural. Liu siente predilección por lo primitivo; dice que en el pálido crepúsculo la voz de Yéssika se eleva como la aurora de las profundidades del este. A mí también me gusta la voz de Yéssika, me recuerda el sonido de un arpa. Por lo demás, el canto nunca me ha importado mucho; para mí la música comienza con la sinfonía. Pero no presumas ahora de ser un superhombre, porque a ti tampoco te gusta la música. Tienes una laguna al respecto.

Velia

De Katia a Tatiana

Kremskoie, 17 de mayo

Querida tía:

Yéssika ha olvidado pedirte que nos consigas la partitura de *Tristán e Isolda.* Papá está en contra, ¡dice que las partituras también se pueden pedir prestadas! ¿Realmente es posible? Ah, no hace falta que lo preguntes: tomar libros prestados de las bibliotecas es de mal gusto y las partituras también son libros. En el fondo, lo que le molesta a papá es que nos interesemos por Wagner: no quiere ni conocer su música; está convencido de antemano de que es horrible; es estrecho de miras. Claro, si Wagner hubiera vivido hace un par de siglos y hubiese compuesto música religiosa como Palestrina... Bueno, eso parece una tontería, pero ya lo he escrito y tú seguro que me entenderás. Naturalmente, los *lieder* de Beethoven a su lejana amada son hermosos –papá siempre los canta– pero no reflejan ni nuestro tiempo ni nuestra forma de vivir. De todas formas, tía Tatiana, nos enviarás *Tristán e Isolda,* ¿verdad? Y en lo posible, hazlo pronto; Peter puede encargarse.

Un abrazo,
Katia

De Liu a Konstantín

Kremskoie, 20 de mayo

Querido Konstantín:

Tu carta me ha llevado a cometer una imprudencia, pero sería un pésimo general aquel que no supiera reconducir una mala maniobra o incluso sacar algún beneficio de ella. El rumor de que el juicio contra los estudiantes empezará en los próximos días y que por esta razón el gobernador tendrá que volver de inmediato a San Petersburgo tiene que ser infundado, ya que él mismo debería ser el primero en saberlo y, de paso, yo también. Sin embargo, ayer me planteaba la posibilidad –y ya estaba preparándome– de tener que actuar de manera rápida e improvisada. Pensaba que durante el día no encontraría fácilmente una oportunidad, menos aún una oportunidad favorable a mi propósito. Por la noche sí que lograría adormecerlos con éter, a él y a su mujer, matar al gobernador de una puñalada en el corazón y meterme otra vez en la cama sin ser visto. No despertaría ninguna clase de sospecha; durante el día, por el contrario, no hay forma de acercarse al gobernador y pasar inadvertido, sobre todo para mí. De día, se interpondrían multitud de contratiempos imprevisibles; de noche, las circunstancias son claras y determinadas. La posibilidad de ejecutar el plan con éxito depende en esencia del sueño más o menos profundo del gobernador y de su mujer. Decidí cerciorarme enseguida de esta cuestión. Me eché un abrigo por los hombros y caminé despacio y sin hacer ruido hacia su dormitorio, que está separado de mi habitación por un vestidor con un baño y un aseo adyacente. Nada más pisar el umbral de la puerta, vi a la señora Von Rasimkara abalanzarse sobre mí. He de admitir que en ese momento casi perdí el conocimiento: ver delante de mí a esa mujer tan extraña, tan bella, tan distinta a la que veo durante el día, me dejó sin aliento. Su cara traslucía al mismo tiempo un espanto y una determinación inquebrantables que, nada más reconocerme, se transformaron en un gesto de alivio y sorpresa. Yo diría incluso que su rostro reflejaba lo cómico del momento. Sí, por un instante solo tuve un pensamiento y una sensación: ¡qué mujer tan irresistible! Me hizo retroceder hasta el vestidor y me dijo al oído que la había asustado, que me había tomado por un asesino y me preguntó qué había ocurrido; si me había pasado algo, si era sonámbulo. Le contesté que estuviera tranquila, que no había pasado nada, que me había despertado, me había parecido oír un ruido y había querido asegurarme de que en su habitación todo estaba tranquilo y en orden. Era algo que ya había hecho antes porque lo consideraba como una de mis obligaciones, asumida sin que ellos lo hubieran advertido hasta entonces. Añadí que quizás fuese mejor no mencionarle el incidente a su marido. Claro que no, repuso, y añadió que se alegraba de que él no se hubiera despertado. Después me estrechó la mano, hizo un gesto de asentimiento, sonrió y volvió a su dormitorio. Fue un momento peligroso, y solo hacia el amanecer pude dormirme. Al verla sonriendo delante de mí, había pensado que era muy bella y, al mismo tiempo, que tendría que matarla. Tan real había sido mi pensamiento que, por un segundo, me había parecido que en mis ojos podía leerse el grito: «Soy tu asesino, porque soy su asesino. Tú siempre estarás a su lado, lo protegerás con tu cuerpo cuando llegue su hora, por eso debes morir junto a él». La extraña sonrisa que ella me había dirigido parecía decir: «Te entiendo, es mi destino y lo acepto».

En cierta manera, con mi intento desafortunado he ganado algo: ahora sé que el gobernador tiene un sueño profundo e inalterable, y le he insinuado a ella que de vez en cuando piso su dormitorio. Si me viera entrar e inclinarme sobre ella, no sospecharía nada hasta el último momento, solo me miraría llena de expectación con sus ojos grandes.

Por otra parte, me he dado cuenta de que esta forma de ejecución me disgusta; solo actuaría así en caso de extrema necesidad. Debe de haber una alternativa que sea más de mi agrado. De todas formas, no te preocupes, es probable que haya actuado de forma irreflexiva, pero también he sofocado en su origen posibles consecuencias fatales.

Liu

De Velia a Peter

Kremskoie, 20 de mayo

Querido Peter:

Hoy tengo la sensación de vivir en un manicomio. Anoche mamá oyó algo que al final se quedó en nada, pero aunque fueran imaginaciones suyas tiene los ojos llorosos y se asusta ante cualquier ruido. Papá sufre ataques de furia que nosotros debemos tomar por nerviosismo. Antes ha llamado a Mariushka porque esta se había dejado encendida la luz del aseo. Ha montado tal escándalo que lo oía desde el jardín, y se ha comportado como si esa lucecita eléctrica significase la ruina de toda la familia. Más tarde, ha resultado que él mismo había encendido la luz y se había olvidado de apagarla. Entonces Katia ha empezado a gritar y a decir que resultaba indignante que toda la casa se hubiera convertido en un valle de lágrimas por culpa de papá, que el servicio no podía respetarlo de ninguna manera si se comportaba de esa forma; y en medio de todo el alboroto, me ha preguntado de repente si yo pensaba lo mismo. «Señor, hágase tu voluntad», le he respondido. Entonces ha dirigido toda su rabia hacia mí, pero por fortuna todos hemos terminado riendo. Papá ha dicho que le pediría disculpas a Mariushka por haber sido injusto con ella, y se ha dirigido a la habitación del servicio. Nosotros teníamos ganas de acompañarlo, para no perdernos la escena, pero mamá nos lo ha prohibido por considerarlo impropio. A mí, ya de antemano, la historia me daba risa, y no entiendo cómo Katia ha podido enfadarse.

Velia

De Katia a Peter

Por supuesto que me enfado; Velia es tan vago que no hay modo de que se tome nada en serio. Es indignante que un hombre como papá, que no sabe comportarse, cierre la universidad porque los estudiantes defienden sus derechos. Es indignante que un hombre tenga tanto poder; este mero hecho ya condena nuestra situación actual. Mira a ver si encuentras profesores dispuestos a darnos clases particulares, a nosotros y a todos los que quieran participar. Podrían impartirse en tu casa, eso no hay modo de prohibirlo. Pienso que estas cosas son intolerables. A mí me da igual si termino la carrera unos años más tarde, pero por lo menos tendría que depender exclusivamente de mí. Y si esto no fuera posible, me gustaría irme al extranjero. Estoy harta de tener que vivir en Rusia. Velia no me aporta absolutamente nada: no se implica en nada, todo lo que le digo o propongo le da igual. Claro que uno se debe a sus obligaciones, pero primero hay que intentar por lo menos que las cosas sean de otra forma.

Katia

De Lusinia a Tatiana

24 de mayo

Ay, Dios mío. ¿Los niños te han escrito para decirte que otra vez estamos nerviosos? Si me guardas el secreto, te contaré cuál ha sido en mi caso la causa. Ya sabes que soy una persona miedosa y asustadiza, y también sabes que por desgracia tengo serios motivos para ello. Admito que en circunstancias normales sería igual de miedosa, pero eso no significa que no haya motivos. Pues resulta que la otra noche me desperté y vi a un hombre en el umbral de nuestro dormitorio. Naturalmente pensé que quería matar a Yégor y me arrojé sobre él para impedirlo; ni siquiera me paré a pensarlo. Fue solo un instante, y entonces reconocí a Liu. Sí, era Liu. La repentina desaparición del miedo y el susto ejerció un efecto tan liberador sobre mí que casi me puse a reír; me entraron ganas de abrazarlo. Pero más tarde, de nuevo en la cama, las consecuencias de la fuerte excitación salieron a flote, y empecé a llorar sin parar. Me invadió un malestar mucho más desagradable que el temor que había sentido antes; y es que me inquietaba mucho la posibilidad de que Liu fuera sonámbulo y no lograba explicarme de otra forma lo que había sucedido. Él mismo me dio otra explicación: dijo que consideraba que era su obligación asegurarse de vez en cuando de que estábamos bien y añadió que ya había entrado varias veces en nuestro dormitorio, sobre todo cuando creía haber oído algún ruido. Suena bastante verosímil, y tú tal vez digas que debería tranquilizarme saber que cuida de nosotros tan fielmente. Antes yo también lo hubiera pensado, pero ahora veo que la idea que una se forma de un hecho es muy diferente del hecho en sí. Para mí no es nada tranquilizador, sino precisamente muy inquietante, que un hombre aparezca por la noche en nuestro dormitorio, ya sea porque es sonámbulo o por cualquier otro motivo. Ya no logro conciliar el sueño, porque siempre estoy pensando que de repente va a entrar y a mirarme con esos extraños ojos grises que parecen atravesarte. Cuando consigo dormirme, me despierto sobresaltada. Se me ha ocurrido que podría entrar por la ventana; ya sabes que los sonámbulos son capaces de andar por todas partes, incluso por el borde de un tejado. Y este pensamiento me inquieta; no logro evitarlo. Quiero cerrar la ventana, pero Yégor no lo consiente; dice que es una tontería y que tendría que reprimir estas ideas enfermizas. Una serpiente sí que podría subir por la pared lisa, pero un sonámbulo no. ¿Tú que opinas? Una vez leí que para los sonámbulos la ley de la gravedad no existe. ¡Solo Dios lo sabe!

Por desgracia se lo he contado todo a Yégor, que no se había despertado ni había oído nada. Es un buen hombre, pero mis miedos lo impacientan un poco, porque no hay modo de que los comprenda. Y también lo ponen nervioso las circunstancias, porque exigen una cierta prudencia que a él, por su temperamento, le cuesta tener.

Los niños no saben nada del incidente ya que no quiero que se hable de esto en las comidas. También me parece más respetuoso hacia Liu, al que tantas cosas tenemos que agradecerle; si se extiende el rumor de que es sonámbulo vería perjudicada su imagen, y tampoco es conveniente que se sepa que por la noche entra en nuestra habitación para vigilarnos.

Katia, mi angelito, es un diablillo incorregible. Aprovecha cualquier ocasión para protestar contra el cierre de la universidad, aunque sabe perfectamente que ahora es mejor no abordar asuntos políticos ni administrativos, porque eso irrita a Yégor. Me pregunto si tu Peter será capaz de dominarla algún día: el hecho de que se crea lo bastante hábil para ello habla en favor de su carácter. No se parece en nada a ti, querida; es clavado a tu marido, que se las ingenió para impresionarte incluso a ti, ¿no es cierto? Ay, mi pequeña todavía es demasiado infantil para que algo en el mundo pueda impresionarla. Me gustaría que Peter consiguiera ganarse su corazón, aunque solo fuera para tenerte como consuegra. Pero también tu hijo le haría bien con su robustez y su solidez. Yéssika está floreciendo, el aire del campo le sienta bien: es nuestra Hebe de mejillas rosadas. Espero que el pequeño *intermezzo* nocturno no me perturbe mucho tiempo.

Besos y abrazos,
Lusinia

De Yéssika a Tatiana

Kremskoie, 25 de mayo

Queridísima tía:

Hice muy bien en quedarme aquí. Mamá está pasando una temporada en que no se ocupa de otra cosa que de su Yégor, nuestro padre, y hace falta un alma caritativa que cuide de la casa. Imagínate, tía, dentro de pocos días llegará nuestro automóvil. En el último momento mamá propuso no comprarlo con el argumento de que era peligroso, lo cual se convirtió en el último empujoncito que necesitaba papá para acabar de decidirse. Dijo que no debíamos tomar en consideración los miedos de mamá, que ya era hora de educarla, que si no ya sería demasiado mayor para hacerlo. Papá no quiere tener chófer, pues según él ya está bien de gastos, y además prefiere que no haya personas extrañas en casa; dijo que Iván ya aprendería. Velia le contestó: «Pero si el abuelito ya casi se sale del camino con el carruaje, ¡adónde va a ir a parar con el automóvil!». Papá repuso que Velia exageraba, que Iván no siempre está borracho. Mamá suspiró y dijo que ojalá no lo esté justo cuando queramos salir de excursión. Yo propuse no salir muy a menudo, porque de esta forma seguramente coincidiríamos con los raros momentos de sobriedad de Iván. El argumento pareció convencer a mamá, pero Katia replicó que para eso no hacía falta comprar un automóvil, que ella quería salir todos los días, etcétera. Por fortuna, Liu intervino diciendo que era un aficionado a los automóviles y que quería hacer más prácticas, así que podría reemplazar a Iván de vez en cuando. Más tarde, cuando papá ya no estaba presente, Velia dijo: «Papá preferirá ir con Iván porque piensa que Dios protege a los borrachos». Es un refrán popular, ¿sabes?

De nuestro Iván todavía tengo que contarte otra cosa. Ayer al mediodía Velia dijo que le había preguntado qué pensaba de Liu, sobre todo porque había notado que no lo soportaba. Pero Iván había buscado excusas y no había querido contestar. Velia había insistido en que Liu era un hombre amable, justo, servicial, inteligente y hábil. Iván lo había admitido todo, pero finalmente había dicho: «Es demasiado culto». Entonces Velia había alegado que papá también era un hombre culto, pero Iván, con mirada ladina, había sacudido la cabeza y había apuntado: «Sí, exteriormente quizás lo parezca, pero en el fondo es tan buena persona como nosotros». Nos reímos mucho, sobre todo Liu, que estaba entusiasmado con la frase y veía en ella un pensamiento muy profundo. A Liu no le preocupa si la gente lo aprecia o no, cosa que me parece muy noble por su parte.

Querida tía, canto Tristán, Isolda, Brangaine, el rey Marco y otros personajes heroicos. ¿Puedes imaginártelo? Papá apenas ha echado un vistazo de mala gana a la partitura, y, por supuesto, yo solo canto cuando él no me oye.

Un abrazo,
Yéssika

De Liu a Konstantín

Kremskoie, 27 de mayo

Querido Konstantín:

Piensas que el automóvil tal vez sea un buen medio para conseguir mi objetivo. Sí, si hubiese modo de hacer que el gobernador se rompiera el cráneo y yo solo la muñeca... ¿Sabes cómo se consigue algo así? Naturalmente, a mí también se me pasó por la cabeza esta idea en cuanto se empezó a hablar del automóvil, y teniéndola en cuenta recomendé su compra y, al mismo tiempo, me ofrecí como chófer, lo que fue muy bien recibido. Pero, aparte de la mencionada dificultad, existe el inconveniente de que yo debería perder mucho tiempo practicando, con toda probabilidad sin éxito e indudablemente sin el menor placer. No soy un deportista, y no me gusta dedicar demasiado tiempo ni atención a esas cosas. La aeronáutica sí que me interesaría un poco; pero eso no es deporte sino un trabajo, una actividad, y tiene todo tipo de finalidades científicas de diferente importancia. Un poco sí que practicaré con el automóvil, pues podría darse el caso de que tuviera que utilizarlo para una huida rápida.

Se me ha ocurrido otra idea y tengo la sensación de que

tal vez resulte fructífera. De ser factible, preferiría no participar personalmente en el acto, por lo que mi papel debería asumirlo una máquina, y estoy pensando en la posibilidad de que sea una máquina de escribir. Te daré más detalles cuando el plan haya madurado un poco más. Entonces es probable que necesite tu colaboración para preparar la máquina de acuerdo a su fin sin que el fabricante note nada.

La señora Von Rasimkara está cambiada desde aquella noche; la encuentro pálida y un poco retraída, y no se despega de su marido. Una posible explicación sería que mi comportamiento haya multiplicado sus miedos y la haya llevado a pensar que considero en peligro la seguridad de su esposo. Quizás no duerma bien desde entonces. Antes, mi aplomo y mi falta de preocupación ejercían una influencia tranquilizadora sobre ella. Una cierta reserva por su parte –que no me muestra de forma deliberada sino más bien en contra de su voluntad– tal vez se deba a que de alguna forma la cohíbe el recuerdo de nuestro encuentro nocturno –tan extraño, tan fugaz y, al mismo tiempo, tan fascinante– y el hecho de que nadie, excepto nosotros, lo sepa. Estoy seguro de que no sospecha nada de mí; por el contrario, me trata con más amabilidad y respeto. Dado que últimamente casi siempre está cerca de su marido, me he visto obligado a frecuentar la compañía de los niños y me he convertido en su amigo más íntimo y querido.

En los próximos días no debes alejarte de San Petersburgo, ya que tal vez te necesite por el tema de la máquina de escribir.

Liu

De Velia a Peter

Kremskoie, 28 de mayo

Querido Peter:

Hoy casi se ha producido una tragedia familiar de la cual yo, por supuesto, me he mantenido al margen. Durante la comida Katia ha empezado con sus historias de la universidad: ha dicho que a ella podía darle igual porque no tenía que ganarse la vida, pero que para la mayoría constituía un desastre ver interrumpidos los estudios por tiempo indeterminado. Papá ha contestado –todavía relativamente tranquilo y dueño de sí mismo– que desde luego era una desgracia para muchos, y que con mayor razón debía condenarse a todos aquellos que con su actitud rebelde habían provocado de forma deliberada la desgracia de sus colegas. Pero entonces..., ¡Katia ha explotado igual que cuando se abren de golpe las compuertas de un dique! Ha dicho que esta era la táctica propia de los déspotas injustos: ¡encima, difamar a sus víctimas y descargar sobre ellas la propia culpa! Ha añadido que Demodov y los demás eran mártires a quienes se puede ejecutar o mandar a Siberia, pero que nadie les quitará el honor de haber actuado con valentía y desinterés. Y que, además, casi todos pensaban como ellos. Tú, por ejemplo, también habías tenido la intención de resistir a los cosacos, y solo por pura casualidad te habías retrasado en el camino a la universidad; de no haber sido así, papá también te habría enviado a las minas. Por fin, mamá ha logrado interrumpirla diciendo que, en efecto, papá lo habría hecho de haberlo considerado su obligación; ha añadido que Katia no debía dudar jamás de que papá siempre se guía por su sentido del deber y que, por lo tanto, no puede criticarse su forma de obrar. Yo he dicho: «Si papá tuviera tu cerebro de gorrión, seguramente actuaría de otra forma», a lo que ella ha respondido lanzándome una mirada asesina. Papá estaba muy pálido y sus cejas parecían un rayo negro, lo que reflejaba su temperamento. Si no se hubiera tratado de Katia, habría estallado una tormenta que se habría llevado por delante la mesa y todas las sillas; pero al tratarse de ella, se ha contenido. Y es que, además, la presencia de Liu contribuye a evitar cualquier catástrofe: su asombrosa calma dispersa toda la electricidad acumulada. O quizá sea que Liu dispone de tanta fuerza que es capaz de hacerla converger en sí mismo y convertirla en inofensiva. Estaba sentado allí, tan frío como Talleyrand, dando a entender que todos teníamos razón, de modo que no nos ha quedado otra opción que callarnos y mostrarnos satisfechos. Ha dicho que por supuesto el cierre de la universidad comporta injusticias, pero que, no obstante, eso puede ser justo dentro del sistema al cual pertenece. Él no aprueba del todo el sistema, ya que piensa que es anticuado, pero mientras esté en vigor hay que atenerse a sus leyes. Papá, un tanto sorprendido, ha mirado a Liu con interés y le ha preguntado a qué se refería con eso de que no aprobaba el sistema. Luego ha añadido que ningún gobierno es perfecto, porque la naturaleza humana es en sí misma imperfecta. En su opinión es mejor que cada uno intente cumplir con su deber en lugar de señalar los errores del sistema. Liu ha contestado que sin el principio de que cada uno ha de cumplir con su deber sería imposible mantener ningún sistema social, y que él cree que el sistema actual tiene el defecto de no fomentar el sentimiento del deber, porque ha impuesto en su lugar numerosas leyes y normas. Esta manera de proceder, ha continuado, estaba justificada en una cultura primitiva, pero el pueblo ya no es un rebaño sino que está formado por individuos. Ningún entendido en arte dejaría de admirar las rígidas formas de la pintura bizantina; podemos creer, desear incluso, que algún día volveremos a ellas tras un largo y tortuoso camino, pero desde luego nadie querría regresar al nivel de desarrollo social de aquella época.

Se dirigía a papá con tanta amabilidad, tanta cortesía y de forma casi tan cariñosa que este se ha animado y ha empezado a responder a todos los comentarios; creo que tenía la sensación de estar absolutamente de acuerdo con Liu.

Hemos continuado sentados a la mesa y todo parecía haber vuelto a la normalidad, pero al levantarnos Katia ha derramado sobre Liu su ira contenida. Le ha dicho que se había comportado de modo despreciable, que debería haberla ayudado, ya que en el fondo pensaba como ella. Ha agregado que lo que Liu había dicho tal vez fuese muy bonito –ella no lo había entendido ni quería entenderlo–, pero que era pura palabrería para esconder sus verdaderas opiniones. De mí ya no esperaba más que falsedad y cobardía, pero creía que él sería más orgulloso. Estaba muy mona, como un pajarito enojado con las plumas de la cabecita erizadas mientras picotea hacia todos los lados y empieza a piar en los tonos más agudos. Al parecer, a Liu también le ha parecido mona, ya que ha contestado muy cariñosamente a todas sus bobadas. Yo me he marchado a media discusión, porque la monada del pueblo estaba esperándome.

He traído para papá un surtido de los más deliciosos dulces de la tienda del turco. Le han parecido excelentes y me ha dicho que ya imaginaba que algún motivo concreto tenía que haber para que yo fuera tantas veces al pueblo en bicicleta. Por cierto, ha comido más que yo sin que le sentaran mal; en el fondo es un hombre magnífico, comparado con él, yo soy un decadente. Sin embargo, no se puede equiparar a Liu: papá es como una de esas dagas de recargada empuñadura y vaina cubierta de piedras preciosas de todos los colores que suelen verse en los museos. Liu, en cambio, es como el sencillo arco de Apolo, que dispara flechas que nunca fallan el blanco. Sin adornos, delgado, elástico, bello por la perfección de su forma; una imagen de fuerza divina, precisión en el tiro y falta de escrúpulos. Dios mío, no estoy escribiendo a un sofisticado griego sino a un perezoso silúrico. No te tortures intentando comprender mis imágenes poéticas ni te crezcas en caso de que cojeen: un Aquiles cojo siempre llega antes que un brontosaurio atascado en la arena.

Velia

De Katia a Peter

Kremskoie, 30 de mayo

Querido Peter:

No estamos prometidos; es más, una vez te dije que nunca me casaría contigo. Pero como sé que todavía piensas en nuestra boda, quería decirte algo: he conocido al hombre con quien voy a casarme, si es que algún día me caso. El único a quien puedo amar. No me preguntes de quién se trata, es mejor que no intentes averiguarlo.

No tenía por qué decirte nada sobre este tema, pero lo hago porque te tengo cariño y te considero mi amigo, y porque desde nuestra niñez me has imaginado como tu futura esposa. Desde luego que no es mi culpa.

Salvo tú, nadie más debe saberlo.

Katia

De Lusinia a Tatiana

Kremskoie, 2 de junio

Mi querida Tatiana:

Sobre nuestro singularmente hermoso verano desciende desde algún lugar una pequeña sombra. Quizás por el hecho de ser tan hermoso ha de llevar el signo de su naturaleza terrestre. Ahora es Yéssika quien más me preocupa: ya no puedo cerrar los ojos ante la evidencia de que ama a Liu. Sin saberlo, todo su ser se rige por él; diría que es como un reloj de sol que siempre indica dónde está su astro. Él también tiene algo de solar: es como si difundiese una fuerza generadora de vida a través de la que, por supuesto, la vida también puede agostarse. Sobre Velia y Katia ejerce una influencia sana, los anima a pensar, a realizar una mayor actividad intelectual; pero me temo que sus rayos son demasiado calientes para mi pequeña Yéssika. Necesita calor, pero no debe estar en medio del fuego. Por lo menos es lo que me parece a mí. A veces tengo la impresión de que no solo ella se siente atraída hacia él, sino que también él experimenta una ligera inclinación hacia ella. ¿Es probable que la quiera? No puedo evitar alegrarme cuando considero esa posibilidad, y es que una madre comparte cualquier dolor y cualquier alegría con su hija. Pero..., ¿sería realmente deseable? ¿Significaría su felicidad? Las ideas de Liu y, lo que es más importante, su concepción de la vida, difieren mucho de las de Yégor y de las mías, o así lo presiento. En lo que respecta a su educación y sus costumbres, también se encuentra más lejos de los niños de lo que ellos se imaginan. Tal vez está en su derecho respecto a nosotros, pero..., ¿garantiza esto una convivencia duradera? ¿Y qué diría Yégor? No tiene nada en contra de Liu –él está libre de prejuicios comunes–, pero quiere casar a nuestras hijas con hombres que lleven una vida familiar y con los que crezcamos unidos. Y encima, querida, ¡es sonámbulo! Esto es casi lo más terrible para mí. Ay, Dios, ya sé que suena estúpido, pero a veces pienso que ojalá Liu nunca hubiese venido o que ojalá se fuera.

Por la tarde

¡Liu es un hombre inquietante! Posee unos ojos capaces de leer el corazón. Justo ha entrado en el momento en que acababa de escribir esa última frase y me ha dicho que estaba muy a gusto en nuestra casa, que tiene la sensación de que nosotros también lo apreciamos, pero que le parece que ya no lo necesitamos y piensa que es mejor que se vaya; que quiere hablar conmigo sobre el tema. Se ha dirigido a mí con absoluta confianza, de manera sencilla y casi infantil. Yo estaba muy turbada y le he respondido que, en efecto, mis preocupaciones por la seguridad de mi marido poco a poco han ido disminuyendo, pero que él también trabaja como secretario, y por el momento Yégor no puede escribir, ya que padece el calambre del escritor. He añadido que a mi esposo no le gustaría tener que acostumbrarse a otra persona, aparte de que seguramente no encontraría a nadie con la formación y los conocimientos de Liu. Este ha explicado que ya había reflexionado sobre el tema y que en su opinión lo más conveniente para Yégor sería acostumbrarse a una máquina de escribir, porque así no dependería de nadie, y además cierta correspondencia debería mantenerla en secreto. He elogiado su idea, que encuentro muy razonable, y le he dicho que, aunque comprase una máquina de escribir, Yégor tardaría bastante en aprender a manejarla, en caso de que realmente quisiera; y que de todas formas la máquina no podría sustituir por completo a Liu. Otra cosa sería que quisiera irse por alguna razón personal. Ha contestado que si para él lo más importante en la vida fuera la felicidad, todos sus esfuerzos estarían dirigidos a quedarse siempre con nosotros. En nuestra casa, ha agregado, ha conocido una forma de dicha que nunca había imaginado siquiera, y ha recibido unas impresiones imborrables. Sin embargo, considera que el destino del ser humano, o por lo menos el suyo, es permanecer activo, actuar, trabajar en la consecución de grandes objetivos. Se ha comparado con un caballo que tiene que seguir la trompeta que lo llama a la batalla aun cuando está delante de un comedero lleno de avena; ha dicho que le parecía haber escuchado la llamada de la trompeta en la lejanía.

«¿Tiene previsto algo en especial? ¿Su intención es abandonarnos de inmediato?», le he preguntado. Ha respondido que no, que no quería decir eso; solo deseaba escuchar de mis labios la confirmación de que su presencia aquí había dejado de ser necesaria. Ya pensaría adónde ir; mientras tanto, mi marido debería encargar la máquina de escribir y empezar a acostumbrarse a ella.

Bueno, Tatiana, ya ves, me entristece que todo haya llegado a este punto. ¡Mi pobre Yéssika! ¿Sabes lo que creo? Que es la razón de que él quiera irse. Debe de haber notado que lo quiere y, o no la corresponde o, consciente de su propia pobreza y de su posición social, no quiere pedir su mano y cree que tiene el deber de evitarla. Es una decisión noble y la lleva a cabo de forma especialmente delicada. No ha insinuado nada, no ha creado la menor complicación, sino que, por el contrario, ha facilitado las cosas. Nunca me había parecido tan digno. Siento dolor por Yéssika, pero aun así me tranquiliza saber que el conflicto, si es que existe, puede resolverse. ¡Qué carta! ¿Has tenido la paciencia de leerla hasta el final?

Tu cuñada Lusinia

De Yéssika a Tatiana

7 de junio

Queridísima tía:

Dices que hace tiempo que no recibes noticias nuestras, y yo en cambio tengo la impresión de que fue ayer cuando te escribí; estos días de verano se escapan con una rapidez casi imperceptible, y más aún si se puede disfrutar de un automóvil. Liu nos ha llevado a dar una vuelta, aunque corta, porque todavía no se siente seguro. Nuestro Iván lo conduce incluso peor que él, a pesar de que cada día pasa un par de horas practicando. A papá también le gustaría conducirlo, pero mamá no quiere porque dice que perjudica los nervios; según ella, dos tercios de los chóferes acaban enloqueciendo o suicidándose debido a trastornos nerviosos. Aunque papá intentó rebatir este argumento, todos gritamos a coro que era necesario que siguiese vivo por el bien del Estado y de la familia, y por el momento lo ha aceptado. Ahora tiene otro entretenimiento: escribir a máquina.

Ayer, después de cenar, estábamos sentados en la terraza. Era una noche hermosa, como en ningún otro lugar del mundo: sobre nosotros brillaban las estrellas y, a nuestro alrededor, en medio de la oscuridad, relucían los pálidos abedules. Permanecíamos sentados en silencio, cada uno sumido en sus ensoñaciones, hasta que mamá le preguntó a Liu –porque él todo lo sabe, desde luego–, qué tipo de serpientes había en esta zona. Liu se puso a citar una serie de nombres en latín y dijo que todas eran inofensivas culebras. Me pregunté para mis adentros si aquellos nombres existirían realmente, pero mamá se lo creyó todo al pie de la letra y se sintió más tranquila. Y es que pocos días atrás, explicó, papá había dicho que ninguna criatura, a excepción de las serpientes, era capaz de subir por el resbaladizo muro de una casa, y desde entonces mamá no había conseguido quitarse de la cabeza la idea de que el cuerpo firme, liso y pegajoso de una serpiente pudiera introducirse en la casa. Al parecer, ese pensamiento le impedía a veces conciliar el sueño. Velia dijo que no comprendía a los que temían a las serpientes; a él le parecían hermosas, graciosas, tornasoladas, misteriosas, peligrosas, y añadió que jamás se enamoraría de una mujer que no tuviera algo de esas criaturas. «¡Idiota!», exclamó Katia. Liu dijo que yo poseía algunas de las características de las serpientes, sobre todo el halo místico y el modo silencioso de reptar. A continuación procedió a contar una historia originaria del sur de Rusia sobre una serpiente horrenda. Un mago estaba enamorado de una de las hijas del rey, que vivía encerrada en una alta torre. Al llegar la medianoche el mago se convertía en serpiente para trepar por la torre hasta alcanzar la ventana de los aposentos de la princesa, donde adquiría de nuevo apariencia humana; entonces la despertaba y los dos se amaban hasta el amanecer. Pero un día la hija del rey resolvió esperar levantada a que llegase el mago. De repente, a la luz de la luna, vio aparecer en medio de la ventana el cuello rígido y la cabeza negra, plana y triangular de una serpiente que la observaba. La chica se asustó tanto que se desplomó sobre la cama sin pronunciar palabra y murió. Justo en ese instante alguien llamó insistentemente a la puerta de nuestro jardín, de la que cuelga una campanita vieja y oxidada relegada al olvido porque casi nadie la utiliza. Todos nos sorprendimos de que mamá no cayese muerta también en ese mismo instante. Papá se levantó para dirigirse a la puerta del jardín y comprobar qué ocurría. Mamá se incorporó de pronto y miró a Liu, dando a entender que debería ser él quien se enfrentara al asesino en caso de que hubiese uno allí esperando a papá; y puesto que a papá cada vez le resulta más trabajoso levantarse y dar los primeros pasos, Liu, que corre muy rápido, llegó el primero y recibió al mensajero que traía una caja. Este explicó que a aquella hora ya no se repartía correo, pero que el jefe de la estafeta había dicho que la caja venía de San Petersburgo y que quizá contuviese algo importante, y que dado que era para el gobernador, por quien el jefe de la estafeta sentía una gran admiración, había querido entregárselo de inmediato. O sea que el mensajero recibió una propina y al abrir la caja descubrimos que contenía la máquina de escribir. Liu la sacó enseguida y empezó a pulsar las teclas; papá intentó imitarlo, pero no logró escribir una sola palabra;

todos lo probamos pero sin éxito, salvo yo (no miento), que sé un poco, y nos quedamos mirando cómo escribía Liu. Al cabo de un rato, papá probó de nuevo, y como Liu le dijo que se le daba bien, se puso muy contento. Mamá parecía feliz y dijo que la máquina de escribir le gustaba tanto que hasta se había olvidado de la serpiente. «¿Para qué sirve ese trasto?», preguntó Velia. Katia apuntó que no le veía la gracia: si había que utilizar los dedos, más valía escribir a mano. Pero nadie compartió su opinión.

Ahora, querida tía, ya estás al corriente de todo, ¿no es cierto? Solo me queda decirte que las rosas han empezado a florecer, incluidas esas rosas trepadoras de color amarillo que desprenden un perfume tan extraño, y también las rosas silvestres. Los fresones están madurando. Además, papá está de mejor humor que nunca y hace unos días hasta preguntó si este verano no tendríamos visitas.

Con cariño,
Yéssika

De Liu a Konstantín

Kremskoie, 9 de junio

Querido Konstantín:

Sí, eres mi amigo, lo noto. Respetas y aprecias en mí aquello que ambos consideramos lo más elevado, y conoces y estimas también lo otro, el río original de la sangre de los antepasados, cuyas inalcanzables ramificaciones desembocan en todas partes y me hacen sufrir. No quiero ocultarte que sufro y sé que lo has advertido ya hace tiempo. Creo que nunca había sufrido tanto, pero estoy convencido de que lo superaré. Desde el momento mismo en que llegué aquí he tratado de dominar a todas estas personas y lo que me ocurre es consecuencia de ese intento; y es que no solo el dominado está atado, sino también el dominador. Mis logros han resultado ser tan funestos para mí como mis fracasos. Al gobernador tal vez consiga engañarlo, pero no tengo ninguna influencia sobre él. Si bien esto mortifica un poco mi vanidad, lo que más lamento son las consecuencias que de ello se derivan. Este hombre ejerce una magia a la que no soy inmune, a pesar de que emana de unas fuerzas que no considero precisamente las más elevadas. En él se aprecian los rasgos de una estirpe cuyo fuego vital quema con mayor intensidad y belleza que en los hombres corrientes. Constituye un todo completo, aunque está lejos de ser perfecto. Si algo me agrada de él son precisamente sus deficiencias; creo que ha crecido en la lucha por la vida y que esa lucha lo ha vuelto más sólido y fuerte, pero no ha ido más allá, no ha interiorizado nada nuevo. Esto lo limita, pero al mismo tiempo le confiere un cierto vigor. Tampoco ha perdido nada; todavía posee gran parte de la necedad, la obstinación y la afabilidad propias de la niñez, esas que por lo general pierde quien se apropia de muchas cosas nuevas y desconocidas. Su yo es completo, tan pletórico, sólido y orgulloso que a uno casi le duele cuestionarlo; y justamente porque es así debo destruirlo. Alguna vez tuve la esperanza de conquistarlo, de acercarlo a otras ideas. No te dije nada de ello porque me afectaba demasiado y, además, ya sospechaba que sería en vano. ¡Dios mío, este hombre, este sol ardiente y ciego! ¡Doy vueltas a su alrededor como un cometa, pero él ni sospecha que en el momento en que nuestras órbitas se encuentren se romperá en miles de pedazos! Acerca de los chicos, permíteme que no haga ningún comentario. Habría sido mejor, mucho mejor, si yo hubiese ejercido sobre el padre la misma influencia que sobre los hijos. Suena estúpido; de hecho, es natural que los jóvenes se dejen influir y dominar con mayor facilidad que los adultos. Por una vez, sin embargo, ¿no podría haber pasado lo contrario, ya fuese por casualidad o por milagro? Dado que no es el caso, intento pensar que no tengo elección, que debo hacer lo que he reconocido como necesario, que la capacidad curativa de la juventud es extraordinaria, que quizás a estos chicos juguetones les resulte útil que el destino los sacuda. Oh Dios, ¿y qué significa útil? ¡Eran tan encantadores en su vida de ensueño! Naturalmente, algún día tiene que acabar. Los niños con arrugas y la espalda encorvada son caricaturas y su metamorfosis debe empezar pronto. Tal vez incluso yo mismo les resulte de ayuda en esta transformación. Querer es poder, solo hace falta valor para querer.

Así pues, ya no volveré a escribirte. Confío en que no me malinterpretes. La duda no me acecha. ¡No respondas a todo esto! Nadie puede consolarme y sé que me entiendes.

Liu

De Velia a Peter

Kremskoie, 11 de junio

Querido Peter:

Si quieres asistir a un momento histórico, quédate en casa mañana o pasado. Nuestro fiel Iván se ha salido de la carretera con el automóvil. Según él, el vehículo lo ha traicionado; según nosotros, la causa ha sido el aguardiente. Como permaneció varias horas en la cuneta junto al automóvil, estaba bastante sereno cuando regresó a casa y no conseguimos aclarar la cuestión. El automóvil ha sufrido más que él; parece una tortuga sin caparazón, pero todavía anda. Mamá estaba muy contenta con el resultado y propuso que lo dejáramos así hasta que Iván hubiese practicado lo suficiente, para que nosotros no acabásemos también en la cuneta. Papá, en cambio, dijo que él no podía permitir que el automóvil circulase en ese estado, aunque solo Iván fuese en él, porque perjudicaría su imagen; sería lo mismo que si sus hijas saliesen a la calle vestidas con harapos. Convencidos por estos argumentos, decidimos que era mejor reparar el automóvil, así que Liu se ofreció a llevar aquel montón de chatarra a la ciudad y tomar las medidas oportunas. Yéssika quiere acompañarlo, pero Liu prefiere ir solo, porque el vehículo no le parece seguro. Desde entonces la pobre pasea por la casa como un alma en pena, porque, naturalmente, está enamorada de Liu. Y digo «naturalmente» porque por fuerza cualquier mujer se enamoraría de un hombre como él, cuya fuerza de voluntad impregna todos los átomos de su cuerpo. A mí en realidad me da todo igual; incluso cuando estoy enamorado, en el fondo me es completamente indiferente si consigo a la chica o no.

También esto posee cierto atractivo para algunas mujeres; pero lo auténticamente irresistible es la voluntad. Nadie puede resistirse a ella, es la fuerza de gravedad del alma. Liu tiene una voluntad inquebrantable respecto a todo. Yo no aguantaría semejante vida ni un año, mientras que él ya lleva veintiocho así y, probablemente, llegue a muy viejo. Dudo que a la larga esté interesado en una relación estable con una única mujer; para las personas como él debería instaurarse la poligamia. No se ocuparía demasiado de ellas, pero una frase suya pronunciada como de manera casual bastaría para alimentarlas durante semanas y hacerlas felices. Bueno, visitará a tu madre, de modo que no pierdas la ocasión de conocerlo.

Velia

De Liu a Konstantín

Kremskoie, 11 de junio

Querido Konstantín:

Mañana o pasado llegaré a San Petersburgo y cuento con que nos veamos. Se trata de la máquina de escribir, sobre la cual prefiero hablar contigo personalmente. Podemos hacer que explote o instalar un mecanismo de revólver. En este último caso, sin embargo, no tendríamos modo de estar seguros de que la bala alcanzase el objetivo. Próximamente, con el pretexto de una reparación, la enviaré a la fábrica donde la compraron. Debe llegar allí y ser reexpedida desde ese mismo lugar para que, en caso de realizarse una investigación posterior, no exista ninguna pista que conduzca hasta mí. Has de procurar que no salga sin que haya sido preparada para el uso al que la hemos destinado, por lo que tendrás que contar con la ayuda de un empleado de la fábrica o de los ferrocarriles. No es urgente, puedes reflexionar con tranquilidad sobre cómo disponer los preparativos.

Liu

De Yéssika a Tatiana

Kremskoie, 12 de junio

Queridísima tía:

¡Quería visitarte, pero no me dejan! Me hubiese gustado mucho llegar a tu casa con el automóvil abollado, precisamente por encontrarse así. Imagínate: me habría puesto lo más guapa posible y habría descendido del destrozado carricoche como una dríada del tronco hueco de un árbol. Y sobre todo, te habría visto, habría fortalecido mi carácter en la ardua tarea de admirar sin envidia tus encendidas mejillas, tu piel iluminada con el brillo de la juventud eterna. Me temo que por el momento mis mejillas están pálidas y húmedas de lágrimas, de tan decepcionada que me siento por no poder viajar.

Ahora no contaremos con protector, tía. He propuesto que los tres juguemos noche y día al pillapilla por los alrededores de la casa, para que nadie pueda entrar sin ser visto. Velia se mostró dispuesto, pero no así Katia, quien dijo que ya no era una niña. Liu te llevará esta carta. Permite que te proteja mientras esté allí, aunque no lo necesites.

Un abrazo,
Yéssika

De Velia a Peter

Kremskoie, 14 de junio

Mi inactividad se debe, sobre todo, al hecho de que mi familia invita una y otra vez a la reflexión. Mi carácter contemplativo se ha ido desarrollando a fuerza de adaptarme a situaciones inquietantes; si yo también participara en esas situaciones ya sería demasiado. Hoy se ha armado una nueva trifulca. Estaba sentado, agotado todavía después de lo de ayer, puesto que desde que Liu se ha ido tengo que estar al acecho hasta medianoche porque mamá presiente peligros por todos lados. Estaba sentado en la biblioteca, digo, hojeando un libro, cuando Katia ha entrado como un torbellino y se ha precipitado sobre el teléfono. Para que tu cerebro no sufra la conmoción que ha sufrido el mío ante esa circunstancia, quiero explicarte que Katia acababa de sorprender a Yéssika escribiendo una carta a Liu y que, ante la insistencia de Katia, Yéssika había terminado confesando que ama a Liu y que prácticamente están prometidos. Todo eso he tenido que deducirlo y adivinarlo, tarea que no podría exigir de tu cráneo de ballena.

Entonces Katia ha pedido una conferencia con San Petersburgo. Le he preguntado con quién quería hablar. Con

Liu, ha respondido, a pesar de que no era cosa mía. Le he dicho: «¿Por qué no esperas a que esté de vuelta? No creo que sea algo tan importante». Ella: «Tú no tienes ni idea. Cuando esté aquí no volveré a hablarle jamás y lamento haberlo hecho alguna vez». Yo: «¡Por todos los santos!». Justo en ese instante ha sonado el teléfono y Katia lo ha cogido. «¿Es usted? Bla, bla, bla... ¡Solo quiero que sepa que lo desprecio! Bla, bla... ¡Es usted un hipócrita, un infecto, un judas! Bla, bla, bla, bla bla. ¡Haga el favor de no negarlo! ¿Tiene la cara de defenderse? ¡Ya me ha mentido lo suficiente! Se lo contaré todo a Yéssika. A pesar de su debilidad es demasiado buena para un miserable como usted. Bla, bla, bla, bla, bla... Me considera más tonta de lo que soy. ¡Piensa que solo usted es inteligente y que todos los demás somos imbéciles, pero quizás sea justo lo contrario!».

Katia ha soltado todo ese discurso con tales gritos que, al oírla, papá y mamá han creído que sucedía algo y han acudido corriendo. Atónitos, han preguntado: «¿Qué significa esto? ¿Con quién está hablando?». Yo: «Bah, con Liu; se ha enfadado un poco con él». Katia al teléfono: «¿Tutearle yo a usted? ¿A un individuo tan malvado y falso? ¡Jamás!». Papá y mamá: «Pero, por el amor de Dios, ¿qué es lo que ha hecho?». Yo: «Ha recibido una carta suya dirigida a Katinka von Rasimkara, y ella encuentra insultante que su nombre, Katia, se considere un derivado de Katinka». Papá y mamá, embelesados: «Esto es típico de Katia». Se han echado a reír. Entonces Katia se ha vuelto y le he dicho: «Palomita, ¡cálmate!». Me ha lanzado una mirada letal. «¡Imbécil!», ha mascullado antes de marcharse.

He corrido al teléfono, he conseguido pillar a Liu y le he prometido que calmaría los ánimos. Con un suspiro que me ha llegado al corazón, me ha dicho: «En tu familia, eres la calma que sucede a la tempestad; sin ti, uno acabaría mareándose». Parecía muy afectado.

No sé si estaba hablando desde vuestra casa; si hubieses escuchado la otra mitad de la conversación la habrías encontrado muy divertida. Lo que es seguro es que Katia ha terminado con Liu, aunque su rabia irá disminuyendo con el tiempo. Si ahora, después de haber roto con la inteligencia, volverá a entusiasmarse con tu estupidez, es algo que no hay modo de saber, pero no cuentes demasiado con ello. Además, parece que la decepción le sienta bien; la única que merece nuestra compasión es la pobre Yéssika. La veo como a un pajarito al que le han destruido el nido, que soporta con resignación la tempestad y la lluvia, que pía asustado y cauteloso, que asoma de vez en cuando la cabecita desgreñada para ver si el tiempo ha mejorado. Creo que ha estado llorando durante horas; su rostro tembloroso recordaba el dulzor de un higo demasiado maduro y la blandura de un copo de nieve que se te derrite en la mano. Le haría mucho bien que te casases con ella, pero Katia fue la primera en la que te fijaste y, según la ley de la inercia que te domina, mantendrás esta inclinación pase lo que pase y lo considerarás una prueba de tu carácter. En realidad, a ti te da igual que sea una o la otra; sin embargo, a Yéssika le haría muy bien sentirse protegida del mundo por tu gruesa piel de saurio, mientras que Katia no necesita de semejante muro antediluviano, y a largo plazo tal vez ni siquiera sea capaz de soportarlo. Pero no quiero ser tan necio como para predicar sensatez a quien carece de ella.

Katia tiene el juicio suficiente para ocultar a papá y mamá las verdaderas causas, pero cuando papá se burla de ella llamándola Katinka, me lanza unas miradas airadas que hacen que los demás se partan de risa. ¡Adiós!

Velia

De Liu a Konstantín

Kremskoie, 17 de junio

Querido Konstantín:

Ha sido muy oportuno convencer a la señora Tatiana de que viniese conmigo a Kremskoie. La influencia que ejerzo sobre ella ha impresionado al gobernador y a su familia; admiran mucho a esta pariente, que desempeña un importante papel en la sociedad. Es hermosa y lo bastante inteligente para saber hasta qué punto una mujer debe dejarlo traslucir, pero prefiere no pensar demasiado. Le encantan los placeres intelectuales que se alcanzan sin esfuerzo, por eso se relaciona sobre todo con personas instruidas que saben revestir de forma estimulante el fruto de su trabajo intelectual. Su falta de prejuicios sería aún más admirable a poco que arriesgase algo con ello; sin embargo, a esta dama por completo apolítica uno le deja la libertad de colorear la monotonía de la vida social con sus comentarios tan sinceros como ingenuos.

Su hijo Peter, que ama a Katia desde que era niño y que, ajeno al hecho de no haber visto correspondido su amor, persiste en este sentimiento, recuerda –por lo menos a primera vista– al gigante bondadoso de los cuentos. Por una especie de humanidad infantil y de ingenuo sentido de la justicia, se cuenta entre los revolucionarios. A pesar de que siente celos porque su prima me prefiere a él, se muestra correcto conmigo, ya que no cordial. Con otros estudiantes que como él disponen de medios notables, ha organizado cursos privados de Medicina para proseguir los estudios y, por supuesto, para protestar contra las medidas que el Gobierno ha tomado. Katia también quiere asistir a estos cursos, que empezarán dentro de poco. Hasta ahora el gobernador no sabía nada de esto y está muy afectado por el hecho de que tal iniciativa parta de su sobrino, pero mucho más por el hecho de que Katia quiera tomar parte en ella. Como es incapaz de ser estricto con ella, empezó por echarle en cara a su hermana Tatiana que no hubiese mantenido alejado a su hijo de quijotadas tan desagradables. Ella sonrió como una niña y dijo que su hijo era una persona adulta, que no podía llevarlo atado como a un crío pequeño y que la dejase en paz con esos asuntos políticos, de los que las mujeres al fin y al cabo quedaban excluidas. ¿Por qué debería formarse una opinión si en definitiva no podría hacerla valer? Según ella, las conversaciones en sociedad sobre cuestiones políticas, en las cuales incluso el hombre más sabio se convierte de repente en el más obtuso y rudo de los asnos, deberían estar prohibidas. Por otro lado, le parecía perfectamente lícito que, si el Estado priva a un joven de los recursos precisos, este intente obtener la formación necesaria para su futuro profesional por medios propios, puesto que todo hombre debe tener alguna actividad.

Katia intervino diciendo que era indignante cerrar las facultades, qué se había creído el Gobierno. Dijo que las universidades eran organismos independientes y que a ver si al final los padres también tendrían que pedir permiso al zar para enseñar a leer y a escribir a sus hijos.

El gobernador respondió que si la universidad se hubiese contentado con transmitir conocimientos, el Gobierno la habría respetado. Sin embargo, desde el momento en que se había entrometido en los asuntos públicos y había tomado partido, había perdido su derecho a la inmunidad. Las consecuencias que esta medida traería consigo no serían menos duras por el hecho de que algunos privilegiados se procuraran clases por medios privados; para quienes disponen de pocos medios, dijo, el cierre de las aulas sería mucho más perjudicial. Entonces Katia explotó: «¡No conoces bien a Peter! ¡Él no se aprovecha de los pobres! ¡Si ha organizado los cursos, ha sido sobre todo para la gente que carece de medios! ¡Todo el mundo puede asistir, hasta los que no tienen dinero para pagarlos!». El gobernador se puso rojo de furia y dijo que entonces la cosa era todavía peor de lo que sospechaba. Él había pensado que se trataba sencillamente de clases privadas, pero esto era una contrauniversidad, una provocación, un acto revolucionario. Jamás hubiese imaginado que su propia hija se pondría del lado de sus enemigos.

Nunca lo había visto tan airado. Frunció el entrecejo; parecía echar fuego por la nariz y estaba envuelto en una atmósfera inhóspita, como cuando acecha una tormenta de granizo. Katia se asustó un poco, pero resistió con valentía. Tatiana, con una sonrisa despreocupada e ingenua, se extrañaba de que el gobernador se tomase el tema tan en serio. La señora Von Rasimkara tenía un aspecto triste; ignoro en qué estaba pensando, pero creo que era la única –aparte de mí– que presentía una fatalidad inevitable. Por ningún motivo en concreto, solo porque ama. Y quien ama, teme e intuye.

En el momento de mayor tensión, dije al gobernador que debería enviar a Velia y a Katia fuera del país; que de todas formas tenía la intención de mandarlos a estudiar durante un tiempo a universidades extranjeras y que, de ese modo, ya no le ocasionarían disgustos. Esta propuesta disipó un poco las nubes de tempestad. Velia estaba encantado. «Sí, papá –dijo–, a todos los jóvenes distinguidos los envían al extranjero; si quieres que lleguemos a ser algo el día de mañana, tú también debes hacerlo. Yo me inclino por París». La señora Tatiana intervino: «Dejaré que Peter vaya con vosotros para que por lo menos haya un hombre sensato. Además, a Peter le conviene mucho París, porque le falta elegancia». El gobernador limitó sus objeciones al señalar que Berlín era más adecuado que París, pero la propuesta le pareció razonable y estoy convencido de que acabará prosperando. En realidad la hice para que Katia y Velia estén ausentes cuando ocurra la desgracia. Ya encontraré algún otro pretexto para alejar a Yéssika. Creo que ahora la cosa avanzará con rapidez.

Liu

De Katia a Velia

San Petersburgo, 20 de junio

Velia, ¡eres un estúpido! Le has contado a Peter por carta toda la historia con Liu, ¿verdad? Tendría que habérmelo esperado de ti, pero entonces, ¿por qué te vanaglorias de no haber dicho ni una palabra a nadie? En primer lugar, no te lo pregunté y, en segundo, ni siquiera te creí. Ahora Peter piensa que debe consolarme y que yo tendría que casarme con él; este chico carece de lógica. Por otro lado, es encantador, ¡ay, que lástima que no esté enamorada de él! Ahora he de aguantar esas tonterías de Peter y, encima, soportar que tía Tatiana no hable más que maravillas de Liu: ¡que si es tan elegante, tan atractivo y tan enérgico, que si ha ejercido una influencia tan buena sobre nosotros! ¡Cuida tú al menos de Yéssika! Es una locura que además tenga estos padres. Papá no se entera de nada, a mamá todo le inspira simpatía y a ti todo te da igual. Acuérdate de que eres un hombre: Liu es capaz de hacer contigo lo que le dé le gana, como si estuvieras enamorado de él, y lo encuentro indigno. Cuando tía Tatiana no está hablando de Liu, cosa que raramente ocurre, resulta encantadora y muy sensata. Los cursos todavía no han empezado. ¿Qué tal va lo de París? ¿Papá ya ha dicho que sí? Si es necesario, también podemos ir a Berlín, claro. Cuando estemos fuera, ya veremos qué hacemos.

Adiós,
Katia

De Yéssika a Katia

Kremskoie, 20 de junio

Mi pequeña abejita:

Preferiría llorar antes que escribirte, pero entonces no sabrías nada acerca de lo que está ocurriendo. No consigo librarme del sentimiento de que te has ido por mi culpa. Me corresponde una parte de culpa, de eso estoy segura, y todo empezó cuando escribí a Liu; lo cual no negarás que te sacó de quicio. Al principio pensé que tú también amabas a Liu, pero él se rio y dijo que estaba seguro de que no era así. Y cuando más tarde os vi juntos tampoco a mí me lo pareció. Y si lo amabas, no lo amabas como yo; tú no te morirías si no te correspondiera, pero yo sí. Tú no eres la clase de persona que se enamora perdidamente, ¿verdad, ratoncito mío? Velia siempre dice que no eres tan sentimental como yo. ¡Escríbeme algunas palabras de consuelo! Ahora todos se muestran descontentos. Papá está terriblemente nervioso desde que os fuisteis y las visitas siempre lo irritan un poco, pero creo que se debe sobre todo a tus cursos. Para él es una desgracia que su hija y su sobrino estén metidos en algo que va contra el Gobierno. Ayer se descubrieron algunos libros de la biblioteca que Velia pidió prestados hace uno o dos años y que olvidó devolver. Esto, naturalmente, cuesta bastante dinero y papá se puso furioso y montó un escándalo. Dijo que Velia era un cabeza hueca y un manirroto que se comportaba como si fuese un millonario y acabaría llevándonos a todos a la ruina. Cuando mamá, que llegaba en ese momento, intervino intentando defender a Velia, papá se enojó todavía más. A la hora de comer estábamos sentados a la mesa con semblante serio y en silencio, y papá permanecía ensimismado y triste. Mamá cogió sus impertinentes, nos observó desconcertada de uno en uno. Finalmente, posó unos instantes la mirada sobre papá y le preguntó, en tono afectuoso: «¿Por qué estás tan pálido, Yégor?». Todos, incluido papá, nos echamos a reír y pronto volvimos a estar de buen humor.

Velia se sentía deprimido sobre todo porque papá había dicho, entre otras cosas, que era demasiado atolondrado para que le permitiese hacer largos viajes. Pero eso lo dijo en un momento de enfado, y yo creo que sí, que os dejará ir.

¿Te está torturando mucho Peter? Por mí no te preocupes. Liu me advirtió desde el principio que no podía ni quería pedir mi mano hasta que no disfrutase de una posición que estuviera a nuestra altura, que solo deseaba ser mi amigo. Ya ves lo honrado que es. Velia nunca se comportaría así. Mi querida abejita, te echo de menos todo el día. ¿Tú a mí también?

Con cariño,
Yéssika

De Lusinia a Katia

Kremskoie, 21 de junio

Mi pequeña Katia:

Te has salido con la tuya. ¿Eres feliz ahora que estás en la ciudad? ¿Te hará eso más inteligente, más buena, más feliz? Debo confesarte, cariño, que me dolió que te fueras, aun cuando tú misma te dabas cuenta de lo que le estabas haciendo a tu padre. ¿Es tan difícil de entender? Porque creo que si lo hubieras entendido, no habrías podido hacerlo. Lo que más le duele no es que tengas otras ideas, ni que actúes en contra de sus deseos pero te quiere demasiado para prohibirte lo que les prohibiría a otros. Te quiere a pesar de que cualquiera que hiciese lo mismo que tú perdería su simpatía. Se está volviendo loco, el sistema lo está volviendo loco, todo lo está volviendo loco ¿Por qué le haces eso a tu padre, un hombre mayor, que tanto te quiere? ¿Consigues con ello algo importante para ti o para otros? A veces creo que nuestros hijos están aquí para vengarse de nosotros y no sabría decir por quién o por qué. Los hijos son los únicos seres con los que actuamos de forma completamente desinteresada y por eso son los únicos que de verdad pueden destruirnos. Dentro de unos años quizás te conviertas en madre: entonces me comprenderás y entenderás que haga estas reflexiones sin dejar de quererte en lo más mínimo.

Creo que finalmente papá os mandará al extranjero a ti y a Velia; ya está casi decidido y será lo mejor para todos. Estos días Liu es un gran apoyo para nosotros. Le estoy muy agradecida y, sin embargo, lo que más anhelo después de vuestra partida es estar a solas con tu padre. Las vacaciones todavía no han tenido en él los buenos resultados que yo esperaba, tal vez porque en casa ha habido demasiado movimiento y desasosiego. Por el momento no temo por él, porque estoy muy ocupada con otras cosas peores incluso que los peligros físicos.

Sé amable con tía Tatiana, cariño, y también con Peter. No quiero inducirte a casarte con un hombre al que no amas, pero procura conservar la amistad de un hombre bueno.

Con todo mi amor,
Mamá

De Velia a Katia

Kremskoie, 23 de junio

Tu cerebro de gorrión ha tenido, Dios sabe cómo, una idea inteligente: irte. Los gorriones y los ratones presienten instintivamente las situaciones desfavorables para su supervivencia, y no puedo negar que tú también posees ese instinto. Lo cierto es que aquí se respira un ambiente muy poco acogedor. Ayer por la mañana mamá encontró otra carta amenazadora debajo de su almohada: si no perdonan a Demodov y al resto de estudiantes, la muerte de papá los seguirá o los precederá a la tumba; esta es la última advertencia que va a recibir. El mismo día llegó por correo una carta de la madre de Demodov en la que suplica a papá por la vida de su hijo. Me pregunto si la carta amenazadora tendrá alguna relación con esta otra. Mamá no se asustó tanto por la carta como por el hecho de no haberla encontrado hasta la mañana y, por lo tanto, de haber dormido toda la noche sobre ella, lo que le resulta inquietante. La cuestión es que nadie se explica cómo fue a parar allí; nuestra gente es incapaz de nada semejante, sería imposible. Pero aparte de ellos..., ¿quién más está en condiciones de entrar en el dormitorio de papá y mamá? Es obvio que ha sucedido de forma natural, pero no alcanzamos a comprender cómo. Los otros piensan que alguien debe de haber entrado por la ventana al anochecer. La idea no me convence, pero, por supuesto, tampoco puedo refutarla. Liu está un poco avergonzado porque su vigilancia se ha revelado como insuficiente. Yo creo que últimamente no ha pensado en absoluto en ello. Tiene un semblante serio, muy triste. Hoy hemos estado hablando durante largo rato sobre el incidente; para él no cabe duda de que los autores de la carta amenazadora estaban al corriente de la misiva de la señora Demodov y que, en consecuencia, pertenecen al círculo de amistades de su hijo. Naturalmente, la señora Demodov no tiene por qué saber nada de ello. En principio, según Liu, el objetivo de la carta amenazadora probablemente solo fuese inducir a papá a responder de manera favorable a la petición de la señora Demodov; reforzar, de alguna forma, su efecto. Con el carácter de papá, sin embargo, está claro que esta estrategia iba a fracasar. Liu asegura que admira y aprecia a papá porque siempre actúa de acuerdo con su forma de ser y sus principios, pero que por otro lado hay que admitir que la revolución tiene razón respecto a él. El Gobierno había querido deportar a Siberia a un profesor al que todos apreciaban, uno de los pocos que aún tenían el valor de expresar libremente sus ideas; Demodov había salido en su defensa y en defensa de los derechos de la universidad. Dentro de unos años, según Liu, se hablará de estos pocos estudiantes como un ejemplo de que en San Petersburgo todavía quedaban jóvenes honorables y valientes. En este caso, el insurrecto y el bárbaro al margen de la ley era en realidad el Gobierno, mientras que los llamados revolucionarios actuaban como los verdaderos guardianes del derecho. Obraban con honestidad en la medida en que transmitían a papá su punto de vista y sus intenciones y le daban tiempo para emprender otro camino, satisfactorio para ellos. Naturalmente, me mostré de acuerdo con él, pero le dije que entendería a papá en su firme intención de no ceder en estos momentos. Quizás, repuso Liu, si papá supiese con seguridad que las amenazas iban en serio, accediera a hacerlo por amor a su mujer y a sus hijos. Yo no lo creo; y en cualquier caso sería imposible convencerlo de ello. Papá es el único que no parece afectado y eso es lo que me gusta de él. No alberga el menor rastro de temor; tal vez antes hubiera sido posible, pero ahora no cedería por nada del mundo. Desde luego que también hay una buena dosis de obstinación, terquedad y afán de querer tener razón, pero es una actitud que me gusta. Mamá está triste; le parece horrible que se tenga que ejecutar a los estudiantes, o por lo menos a Demodov, y que papá, pudiendo evitarlo, no lo haga. De todos modos, creo que no ha vuelto a intentar disuadirlo porque sabe que sería en vano. Papá y mamá son dos personas de una exquisitez extraordinaria. No podría elegir mejores padres, a pesar de que su forma de ser y sus opiniones a menudo me resultan extrañas.

Además, Liu ha dicho que, en su opinión, la vida de papá no corre ningún peligro, al menos en principio; en caso de que los estudiantes sean ejecutados, sin embargo, la situación probablemente pase a ser crítica. Pero nuestros criados nos guardan una fidelidad absoluta, o sea que casi no tenemos que temer por él. Le he preguntado por qué estaba tan serio y pensativo y ha respondido que se había dado cuenta de que tenía que dejarnos lo antes posible y que eso le daba mucha pena. Lo habría hecho de todos modos, pero se veía obligado a adelantarlo, entre otras cosas porque las discrepancias entre sus ideas y las de papá eran demasiados grandes y en estas circunstancias no le parecía honesto mantener una colaboración. He intentado quitarle esta idea de la cabeza.

En cualquier caso, me quedo aquí para distraer un poco a papá y a mamá, pues me dan pena. Yéssika está perdidamente enamorada. Yo no, gracias a Dios: es un estado horrible. Compórtate bien, gorrión, y evítale disgustos a papá en este momento.

Velia

De Yégor von Rasimkara a la señora Demodov

Kremskoie, 23 de junio

Apreciada señora:

Si vuestro hijo me hubiera insultado o atacado personalmente no habría sido necesaria vuestra intercesión para que perdonara sin reserva un agravio atribuible a su juventud y su carácter impetuoso. Pero por desgracia no es a mi persona a quien os dirigís, sino a un representante del Gobierno, y como tal no puedo ser generoso, ya que los asuntos relacionados con el Estado no son una cuestión de sentimientos sino de intereses y necesidad. Yo avisé a tiempo al joven, cuyas convicciones conocía, tanto en su beneficio como en el de sus desgraciados padres. En la medida en que no hizo caso de mi advertencia, se declaró dispuesto a aceptar las consecuencias de sus actos. Confío en que no pida clemencia ni reproche al Gobierno su severidad.

Posiblemente solo en el caso de que satisficiera vuestra súplica tendría el derecho de confesaros hasta qué punto comparto vuestro sentimiento. Permitidme, sin embargo, deciros que os estaría muy agradecido si en algún momento me dierais la oportunidad de demostraros con hechos mi más sincero y doloroso pesar.

Vuestro seguro servidor,
Yégor von Rasimkara

De Liu a Konstantín

Kremskoie, 24 de junio

Querido Konstantín:

La carta que coloqué bajo la almohada ha impresionado profundamente a la señora Von Rasimkara. No la encontró hasta el amanecer, tras dormir toda la noche sobre ella. Eso y el hecho de no atinar a explicarse cómo ha ido a parar allí es lo que más la preocupa. Por lo demás, conserva la calma; está convencida de que su marido no tiene salvación, y aguarda un destino que considera inevitable. Pero el suyo es un estado de ánimo que puede ser disipado por otros, o un estado de conciencia básico sobre el cual fluye la marea de lo cotidiano. El gobernador se muestra insensible a este suceso intranquilizador y para él igualmente inexplicable. Sin titubear, ha respondido con una negativa a la solicitud de la señora Demodov. No se observa ninguna clase de cambio en su actitud; sin embargo, desde hace un tiempo sufre por el comportamiento de su hija Katia. Al parecer no cree que esté amenazado por un verdadero peligro, o por lo menos no quiere creerlo.

Yo ya había previsto que las cosas irían así. Me hubiera gustado salvar a este ser intrépido e imperturbable.

Quizás he creído durante demasiado tiempo en la posibilidad de lograrlo. Si alguna vez he adolecido de presuntuosidad, las experiencias vividas en esta casa acabarán por curarme. Ahora sé que solo Dios es capaz de cambiar a una persona, o puede que ni siquiera Dios. Esto podría servir de consuelo a mi orgullo. Uno tiene tan poco control sobre las personas como sobre las estrellas, que ascienden y descienden según sus leyes inmutables. Pero esto ya no puede durar mucho, no hay escapatoria. Lo que más deseo ahora es que acabe pronto.

Liu

De Katia a Velia

San Petersburgo, 25 de junio

Velia, creo que desde que naciste nunca has estado completamente despierto. ¡Despierta de una vez! Me llegan reproches por todos los lados. De los otros todavía puedo entenderlo, pero... ¿de ti? ¡Es increíble! ¿Qué te he hecho yo? Papá tiene su modo de pensar y yo el mío: ¿por qué debería tener él más derecho que yo a vivir de acuerdo con sus ideas? Las suyas son más destructivas que las mías, me parece. Yo no mato a nadie. ¿O se debe, quizás, a una cuestión de edad? Este sería un buen motivo, pero la suya, en todo caso, habla en su contra. Sin embargo, lo quiero tanto como vosotros, probablemente más que tú. Ni siquiera comprendes que Liu no debe quedarse en casa si piensa del modo que te ha explicado. Que nosotros creamos que papá es injusto y que no podemos censurar al partido de la oposición en caso de que decida matarlo es una cosa; que lo piense un extraño, es otra. ¿Qué sabemos en realidad de Liu? Yo sé que carece por completo de escrúpulos. Eso, que te impresiona tanto como me impresionó a mí al principio, tal vez sea magnífico. Puede que tú tampoco tengas conciencia, o puede que yo tenga tan poca como él, pero todo eso ahora me da completamente igual. La cuestión es que no debe continuar viviendo en nuestra casa. ¿No te das cuenta de que dejaría tranquilamente que mataran a papá? ¡Por lo menos mantén los ojos bien abiertos y vigila! Leyendo tu carta me he inquietado muchísimo. Liu clava sus ojos glaciales en papá y piensa: «En realidad, tendrían razón si te mataran». A fin de cuentas, ¿qué lo obliga a quedarse? Supongo que estarás de acuerdo en que no es un marido para Yéssika. Además, no piensa casarse con ella, y solo la hace infeliz. Mamá también ha de entender esta historia con Yéssika; de lo demás, naturalmente, es mejor que no sepa nada, porque se preocuparía.

No lo retengas, ¿me oyes? Al contrario, dile: «Sí, vete de inmediato, ¡ya deberías haberlo hecho!». Si fueras un hombre lo habrías conminado hace tiempo a abandonar la casa, por Yéssika. ¡Compórtate de una vez como un hombre! Por desgracia papá no ve ni oye nada. En realidad, sería mejor que ejerciera en público el mismo papel que ejerce con nosotros, y al revés: así estarían todos contentos, tanto el pueblo como la familia. Pobre hombre, sacrifica su vida por un espantajo llamado «deber»... Y, sin embargo, esta locura no deja de tener algo de bello. No sé qué prefiero: esto o la falta de escrúpulos de Liu. Ah, papá es papá, y solo por eso goza de preferencia. Debemos vigilarlo, quiero que me des tu palabra, ¿me oyes?

Katia

De Lusinia a Tatiana

Kremskoie, 26 de junio

Querida Tatiana:

Es como si te hubieras llevado el sol contigo: desde que te fuiste no ha dejado de llover. El día en que te presentaste por sorpresa... ¡era tan claro y tranquilo! Seguro que tardaremos en disfrutar de otro como ese. Cuando llegamos aquí en mayo solo pensaba en los días que me esperaban y que imaginaba de una felicidad indescriptible, unos días en los que tendría a Yégor para mí sola, alejado de negocios y preocupaciones. Me invadía el sentimiento de que después no pasaría nada más. Posiblemente sea la sensación que uno tiene ante un tiempo que promete ser feliz. Siempre nos parece que la felicidad será eterna cuando, en realidad, es al contrario: solo puede ser efímera. Ahora me doy cuenta de que el verano pasará, de que incluso antes de que acabe nos llegará el momento de volver a la ciudad, donde empezará el juicio con todos sus horrores, para los otros y para nosotros.

Yégor no logrará escapar de la masa ni de la energía del odio acumulado. ¡Si lo conocieran! Pero lo único que conocen son sus actos y... ¿no es por los actos por lo que se conoce a una persona? Dios mío, me he propuesto firmemente no pronunciarme: hay tantas cosas que considerar por ambos lados que temo equivocarme. Lo único que sé con total seguridad es que Yégor nunca ha actuado por crueldad innata ni por sed de venganza personal, sino que siempre ha creído que obraba justamente, y a menudo no le ha resultado fácil. Quizás no esté en lo cierto, pero no porque se equivoque lo querré menos. Valora por encima de todo el régimen y el poder legítimos. Yo hubiera optado por otros caminos y, sin embargo, no me considero mejor que él. Es algo que se lleva en la sangre: sus antepasados le han legado una sangre distinta a la mía.

Ah, Tatiana, tengo el alma en vilo. Mire hacia donde mire, todo es oscuro, tan uniformemente oscuro que he llegado a pensar si no se deberá a que mis ojos ya no son capaces de ver la luz. Pero dime: ¿dónde es posible encontrar un poco de bondad, de consuelo? ¿Cómo acabará el conflicto con los hijos, que solo siguen sus inclinaciones e incluso están orgullosos de no tenernos prácticamente en cuenta? ¿Está condenado todo el mundo a vivir esta experiencia? Sí, tal vez nosotros hicimos algo parecido con nuestros padres, pero no por eso resulta menos amargo.

El miedo es lo más duro. El miedo me ha enervado de tal forma que soy incapaz de participar de la alegría, o de provocarla en los demás. Tengo miedo constantemente, de día y de noche, incluso mientras duermo. Eso es lo peor. Seguramente no te imaginas lo que representa dormir, soñar y estar al mismo tiempo aterrorizada. Desde que encontré la carta bajo mi almohada me siento como una condenada a muerte que no sabe cuándo se ejecutará la sentencia. ¿Te das cuenta? El asesino debió de entrar por la ventana y reptar por la casa como una serpiente, hasta llegar junto a mi cama. Y, una vez allí, debió de deslizar la carta bajo mi almohada. Debió de acercarse sin hacer ruido, como una serpiente de verdad, porque ya sabes que aquella vez en que Liu entró en nuestra habitación me desperté enseguida, y que en general tengo un sueño muy ligero. Tal vez llevara un cuchillo en la mano, o una soga, y habría podido asesinar a Yégor allí mismo; pero todavía quería darle un plazo de gracia, o no tuvo el valor de hacerlo, o sencillamente quería atormentarnos. Cada noche puede ser la noche en que volverá para cometer el crimen.

Y... ¿por qué Liu no oyó nada? Por otro lado, ¿por qué tendría que haber oído más que nosotros, que estábamos en el lugar de los hechos? Ante este destino, incluso su vigilancia es ineficaz. Desde entonces me parece que está muy cambiado, muy serio y ensimismado; pero estas palabras no bastan para describir con acierto su carácter. Seguramente le duele no haber respondido como había prometido y como yo esperaba de él. Quizás también considere que la situación es inquietante. Se da cuenta de que estamos perdidos. No quiere ser testigo. ¿O tal vez siente que no puede protegernos, o que no debe protegernos? Según él, naturalmente. O probablemente haya visto a algunos de los que persiguen a Yégor, o haya reconocido entre ellos a amigos o a otras personas a las que valora más que a nosotros. Esta suposición o, más que suposición, esta fantasmagoría, te parecerá una locura: a mí tampoco se me hubiese ocurrido si no tuviera ante mis ojos su extraña persona. Hay algo misterioso en él. A veces, cuando deja descansar la mirada sobre Yégor y sobre mí, me estremezco. No le reprocho nada; la compasión que tengo hacia él habla claramente a su favor. Si es verdad que podría protegernos y sin embargo considera que no debe hacerlo, es que cree estar en su derecho. Dios mío, todo el mundo tiene razón, todos los que odian y asesinan y calumnian. Dios mío, ¡qué mundo este!, ¡qué enredo! Bienaventurado aquel para el cual al final esté resuelto.

Confieso que estoy muy alterada. Es perdonable en estas circunstancias, ¿verdad, Tatiana? Yégor no muestra el más mínimo temor. ¡Cómo me gusta! Creo que nunca lo he querido tanto como ahora. Esto también es felicidad. Sé perfectamente que soy más feliz que muchas mujeres, pero un telón negro ensombrece esta certeza. Tal vez algún día vuelva a soplar un viento favorable y se lo lleve. Piensa en mí, querida.

Un abrazo,
Lusinia

De Velia a Katia

Kremskoie, 27 de junio

Katinka, palomita mía:

¿Qué tonterías me escribes acerca de si estoy dormido o despierto? ¡Y sobre la falta de escrúpulos de Liu y el sentido del deber de papá, que te impresionan alternativamente! ¡Señor, hágase tu voluntad! Si tuvieras un poco de perspicacia psicológica te habrías dado cuenta de que Liu no es un hombre de acción, sino un teórico. Le parece que estaría justificado que determinadas personas mataran a papá. ¿Es esto una novedad? Naturalmente que estaría justificado. Cuando el año pasado pretendían hacer volar al zar por los aires, nosotros también nos mostrábamos de acuerdo en que habría estado justificado y, sin embargo, no lo hubiéramos hecho. De la misma manera podrías pensar que yo mataría a papá. Estas cosas no se hacen, por más que a uno le parezcan irreprochables desde un punto de vista teórico o incluso que las apruebe: la cultura no nos lo permite. Lo que pasa es que todavía estás celosa; esperaba más de ti. El amor atonta a las jovencitas y las vuelve mezquinas. Para Yéssika sería mejor que Liu se marchase, eso lo reconozco. Yo me enamoro, pero no soporto el enamoramiento de los demás: se convierten en seres ridículos, y para Yéssika no constituye más que una desgracia. Imagino que para otras personas es una imagen encantadora: a mí mismo me recuerda a menudo un pequeño melocotonero en flor envuelto en llamas. En realidad, se trata de una bella imagen, pero cuando pienso que es una persona, y mi hermana, además, lo encuentro ridículo. También se lo he dicho a Liu, que la cosa ha durado demasiado y que mejor sería que le pusiese fin. Él está completamente de acuerdo y ha añadido que ya hace tiempo que piensa en abandonar nuestra casa, pero que quería asegurarse de que mamá también se muestra dispuesta a dejarlo ir. Quizás venga con nosotros al extranjero; pero, naturalmente, eso solo será posible si tú te comportas como Dios manda. ¡No se puede casar con cada chica que se enamora de él, tontita! ¿Crees que yo lo habría hecho? Por lo que a ti respecta, no necesitas casarte. Eres un gorrión precioso, pero como esposa y madre serías ridícula.

Velia

De Liu a Konstantín

Kremskoie, 29 de junio

Querido Konstantín:

Le he pedido a la señora Von Rasimkara que me deje marchar. Le he dicho que el incidente de la carta me había convencido de que mi presencia aquí no sirve de nada, que he estado pensando en cómo había podido suceder y que no he llegado a ninguna conclusión. Es inconcebible que alguien entrara por la ventana en plena noche, le he dicho, ya que lo habría oído. De los criados no cabe sospechar, ya que en mi opinión son absolutamente leales. En este punto me ha interrumpido para decir que no tenía la menor duda al respecto. He señalado que la única posibilidad es que algún sirviente lo hiciera bajo los efectos de la hipnosis, pero que lo considero improbable. Este tipo de cosas le interesan mucho, por lo que hemos estado hablando un rato sobre el tema. Además, ella deseaba dejar de lado la historia de la carta porque de todas formas no hay modo de llegar a una conclusión. Su marido no quiere llevar a cabo ninguna investigación, suele mostrarse indiferente a las cartas amenazadoras y no les concede demasiada importancia. Hasta el momento la experiencia le ha dado la razón. Yo no lo he puesto en duda ni lo he confirmado. En cualquier caso, le he dicho que, tal como están las cosas, ya no me necesita, bien porque no hay ningún peligro, bien porque no estoy en condiciones de garantizar que sería capaz de evitarlo.

Me ha preguntado adónde pensaba ir y qué haría. Le he respondido que quiero terminar mi obra, que eso es lo que más deseo. Le he dicho que si me reconcilio con mi padre, me quedaré en su casa una temporada; recientemente me ha escrito una carta muy amable. Y si no, un amigo me acogerá. Ha añadido que ella y su marido me están profundamente agradecidos y que debo permitir que me ayuden si lo necesito; que no se trataría de un acto caritativo sino del pago de una deuda pendiente. Tenía una expresión grave y a la vez muy amable, de una delicadeza exquisita. Si quiero, ha agregado, soy libre de irme de inmediato; pero si aún no tengo muy claro cuál será mi estancia futura, puedo quedarme el tiempo que desee. Le he respondido que trataré de llegar a un acuerdo con mi padre, pero que le estaré muy agradecido si me permite abusar de su hospitalidad quince días más; para entonces, el tema ya estará resuelto. Deseaba besar su mano, que es muy bella, pero de repente he recordado el mal que voy a infligirle y me he abstenido de hacerlo.

Tengo la impresión de que la noticia de mi partida la ha alegrado, posiblemente por Yéssika. Me parece, incluso, que piensa que es por Yéssika que considero que mi obligación es irme, y que por eso me está agradecida. ¡Salud!

Liu

De Yéssika a Tatiana

Kremskoie, 29 de junio

Queridísima y encantadora tía:

Creo que pronto iré a verte ¡Los pocos días que estuviste aquí fueron muy agradables! Tu presencia nos alegró y nos puso a todos de buen humor. Ahora es horrible. Liu quiere irse, dice que debe hacerlo porque ha quedado demostrado que es innecesario y porque mamá ya no lo necesita. Al principio mamá dijo que jamás se había sentido tan segura como desde que Liu está con nosotros, pero a papá nunca le ha gustado y debe de haberle dicho a mamá que ya no lo quiere en casa. Ya sabes que a papá no le gusta tener a extraños a su alrededor; hasta tu presencia le alteró los nervios. Seguro que mamá en el fondo se siente muy triste por la marcha de Liu. ¡Y ahora, además, Velia y Katia también se van! Papá está prácticamente convencido de que lo mejor es que estudien en la universidad de Berlín o en la de París. Velia está muy contento y Katia, desde luego, también. Yo me alegro por ellos, porque sé que les encanta viajar. Pero déjame ir a tu casa, tía Tatiana, hasta que volvamos a la ciudad. Me siento muy triste aquí sola, después de los días tan bonitos que pasamos en mayo. La atmósfera en casa es agobiante. Papá y mamá se mostrarán de acuerdo y quizás les haga bien estar solos un tiempo. De esta forma, papá descansará mejor y, de todos modos, los criados se las arreglarán muy bien sin mí. Liu todavía no sabe adónde irá. Me ha dicho que si va a San Petersburgo, te visitará, siempre que se lo permitas. A menudo habla entusiasmado de tu belleza y de tu espíritu. Y ¿quién no lo haría?

La que más,
Tu pequeña Yéssika

De Velia a Katia

Kremskoie, 1 de julio

Mi dulce gorrión:

Seguramente tu penacho de plumas todavía está erizado de rabia contra tu hermano porque, como es su obligación, te ha dicho la verdad, ¿no es cierto? Mientras tanto resulta que él trabaja por tu bien, por el suyo propio y por el de todos. Desde que papá está convencido de que solo recibiremos una formación sólida si estudiamos durante un par de semestres en Europa, su humor ha mejorado mucho. Ahora le parece mejor que empecemos en París, más superficial, para pasar después a Alemania, profundamente filosófica. Tenemos que irnos pronto, porque de repente papá ha comprendido que todas nuestras deficiencias se deben a que no nos hemos adentrado en la vieja cultura europea. O sea que tendrás que abandonar de inmediato tus estudios y ocuparte de nuestro equipaje; es decir, estar presente cuando tía Tatiana lo haga.

Liu se marcha, quizás incluso antes que nosotros. Creo que también irá a París cuando nosotros estemos allí, aunque no se ha manifestado de manera explícita al respecto. A menudo salimos juntos a pasear en el automóvil. Me he visto obligado a prometerle a mamá que haré lo posible por evitar que Yéssika y Liu pasen demasiado tiempo a solas. Una promesa totalmente superflua, la verdad, ya que él no tiene ningunas ganas de hacerlo. Con papá también voy con mucho cuidado: he dejado de tocar Wagner para que no se ponga nervioso. Por lo demás, se encuentra mucho mejor: además de ese trasto de máquina de escribir, ahora ha surgido nuestro viaje, que ocupa gran parte de su tiempo. Me da indicaciones sobre los trenes que debemos coger y los hoteles en que debemos alojarnos, y lo hace casi con la sensación de que podría venir con nosotros. Dale las gracias a tu hermano en lugar de poner morros como una niña pequeña.

Velia

De Velia a Peter

Kremskoie, 1 de julio

Querido Peter:

Lo mejor sería que nos acompañases a París. A mi madre le gustaría porque te considera más sensato que nosotros; además, ahora también está de acuerdo con el viaje, y a mí solo has de prometerme que no empezarás ningún tipo de jueguecito amoroso con Katia. Pero tú, de hecho, no eres así: tus sentimientos íntimos no son cosa mía, naturalmente. Si tus cursos te obligan a suspender el viaje, tanto mejor. Papá ya tiene suficientes problemas, realmente da pena. Con la palabrería de las convicciones políticas podemos continuar cuando volvamos. Yo, por mi parte, hago una pausa de buena gana. En París también evolucionarás políticamente: ya te veo como un Robespierre maduro invadiendo la Santa Rusia.

Un abrazo,
Velia

De Lusinia a Katia

Kremskoie, 2 de julio

Hijita de mi alma:

Ya está decidido que tú y Velia vais a París. Te alegras de ello, ¿no es cierto? Espero que seáis razonables y no gastéis demasiado dinero, ya sois lo bastante mayores para haceros cargo de nuestra situación y conformaros con ella. Tenéis el mejor de los padres, un hombre que nunca se ha enriquecido de forma ilegal o improcedente como tantos otros hacen, y espero que lo honréis y queráis por esa razón y que estéis orgullosos de la relativa escasez de nuestros medios. Aun así, él siempre ha sido más que bondadoso con vosotros, pero no abuséis de ello. Si os excedéis de un cierto límite le causaríais no solo preocupaciones, sino graves contrariedades. Dentro de estos límites, cariño, gozad tanto como os sea posible de vuestra libertad y utilizad los medios que os ofrecemos para completar vuestra formación.

Creo que Yéssika visitará a tía Tatiana cuando Liu y vosotros os hayáis ido. Su pobre y delicado corazoncito todavía tiene que padecer mucho, y allí sufrirá menos que aquí, por eso no le pongo ningún impedimento. Por su bien es necesario que Liu se vaya. Echaré de menos su estimulante forma de hablar, de relacionar ideas próximas con otras lejanas e interesantes. Nunca deja caer una palabra que uno haya pronunciado, sino que la recoge para seguir tejiendo un discurso a partir de allí. Eso me encanta, pero lo que más me gusta es su gran personalidad: tiene una profunda conciencia de todo, además de una voluntad clara y decidida. Por otra parte me tranquiliza que se marche, y no solo por Yéssika. Para mí tiene algo de extraño e insondable que en ocasiones me ha inquietado bastante: por ejemplo, esa particular mirada con la que quizás ha ejercido tanto poder sobre Yéssika. Lo enigmático atrae e inquieta al mismo tiempo. Admitamos que no es de los nuestros y que, por mucho que se interese en toda clase de personas, no logrará superar esa realidad. Y además es sonámbulo, algo que no puedo pasar por alto.

Después de todas las emociones de este verano me alegro de estar sola con papá. De verdad que me alegro, de modo que no os preocupéis por nosotros. Nos escribiréis muchas cartas bonitas y nosotros os acompañaremos con el pensamiento a ver la *Mona Lisa* y la *Place de la Concorde* y las fuentes de Versalles. Ahora se me ocurre que aunque aquí a nosotros no nos hace falta ni un sombrero, vosotros sí que necesitáis ropa de viaje y un montón de cosas más. Seguro que en París encontraréis muchas cosas más elegantes y baratas. ¡Si tuvierais un poco de sentido práctico! ¿Puedo dejarlo en vuestras manos? En cualquier caso, debéis llevaros algunas pertenencias de aquí: ocúpate de ello ahora que cuentas con tía Tatiana, la mejor consejera. Adiós, hijita de mi corazón, escribe pronto a tu padre diciéndole que te mueres de ganas de ir a París.

Con todo mi amor,
Mamá

De Katia a Yégor

San Petersburgo, 4 de julio

Querido papá:

Es fantástico que nos dejes ir a París, pero tú también sales ganando al librarte de nosotros. Quizás Peter también nos acompañe, lo que me parece bien, porque es tan práctico que en realidad se convierte en imprescindible. Para reparar un automóvil, por ejemplo, Liu tuvo que ir expresamente a la ciudad; Peter, en cambio, no necesita la ayuda de nadie por más complicado que sea. Es capaz de hacer de mozo, de cerrajero, de tapicero, de sastre, de cocinero e incluso de modista; el único inconveniente es que posee un gusto un poco anticuado. Ahora también se muestra muy reservado conmigo. De hecho, casi me parece que ya no está enamorado, lo cual es una lástima en realidad, aunque a veces me resultaba pesado. Pero para el viaje es mejor así, lo reconozco, y además continúa siendo tan amable como antes: ayer me encuadernó un libro y me hizo una copia de una llave que había perdido, para que tía Tatiana no se enterara.

Si viene Peter ahorraremos mucho dinero, porque él siempre vigila. ¿Queréis que vaya para despedirme?

Lo haré con mucho gusto, pero antes tenéis que echar a Liu: no lo soporto y su presencia lo echaría todo a perder.

Tu pequeña Katia

De Lusinia a Tatiana

Kremskoie, 5 de julio

Querida Tatiana:

Debo decirte que he superado por completo los accesos de melancolía. Ante la imposibilidad de seguir así, se produjo en mí un cambio repentino. A menudo una descubre verdades evidentes: en mi caso, se ha tratado de ese viejo proverbio según el cual Dios ayuda a los valientes. Al principio me costó un gran esfuerzo reprimir los pensamientos de miedo y mirar el futuro con confianza, pero después de hacerlo un par de veces, de repente me pareció que una fuerza desconocida habitaba en mi interior y me sentí invadida por una gran alegría. En parte se debe al hecho de que Yégor vuelve a estar de buen humor desde que ha decidido mandar a los chicos a París. Mi mayor dolor es verlo abatido e irremediablemente triste. Espero con verdadera ilusión estos días en que vamos a estar solos. Creo que desde que los niños vinieron al mundo nunca hemos estado sin compañía de nadie. ¡Y además en el campo, sin ninguna clase de obligaciones, y en un entorno tan bello! Ahora no podemos perder el tiempo si no queremos que se terminen las vacaciones antes de que todos se hayan ido. Yégor también está ilusionado, siempre dice que ya no puedo vivir solo para él porque estoy acostumbrada a entregarme a todos y a todo, pero en el fondo de su alma sabe perfectamente que solo me sentiré en mi propia salsa cuando estemos a solas el uno con el otro. ¿Cuándo empezamos a envejecer? Desde que cumplí veinte años, no he hecho más que rejuvenecer... Sí, yo me he vuelto cada vez más joven, aunque naturalmente no puede decirse lo mismo de mi pelo y de mi piel.

¡Querida Tatiana! ¿Ayudarás a mi pequeña Katia a preparar lo que necesita para el viaje? Tú tienes muy buen gusto y sentido común. Que tu Peter también fuera a París supondría para nosotros una enorme tranquilidad. Aunque es solo un poco mayor que Velia, yo lo consideraría una especie de tutor. Primero pensé en Liu para esta función, pero es imposible luchar contra la aversión de Katia. ¡Cuando pienso en lo mucho que lo admiraba al principio! ¡Era como un oráculo para los tres! Pero un día la llamó Katinka en lugar de Katia y ahí acabó todo. A veces mis hijos me parecen realmente un poco locos, Dios sabrá de dónde les viene. Por supuesto, Tatiana, no creo que esta equivocación con el nombre sea el único motivo. Entre los chicos debe de haber habido de todo, celos y otras cosas por el estilo. Por su carácter, Liu y Katia congeniarían muy bien, por lo menos mejor que Liu y Yéssika; pero dicen que los polos opuestos se atraen, ¿no es cierto? En cualquier caso prefiero la aversión que siente Katia por Liu, por injusta que sea, a lo contrario. También prefiero que sea Peter quien los acompañe. Estoy convencida de que Liu quiere a los chicos y los comprende, que infunde respeto y que es muy educado. Desde este punto de vista, sería un buen guía. Sin embargo, por las noches me acosarían los sueños en los que él entra sonámbulo en el dormitorio de Katia y se queda junto a su cama, contemplándola con esa mirada enigmática tan propia de él.

Ah, Tatiana, ¡esto también he de explicártelo! Cuando encontré la carta amenazadora debajo de la almohada, Liu dijo que también cabía la posibilidad de que hubiese sido alguien de la casa a quien otra persona hubiera hipnotizado, y añadió que esto era perfectamente factible. Entonces pensé en su mirada enigmática y en su sonambulismo, y me pregunté si no estaría poseído por una extraña voluntad demoníaca. La idea me pareció tan espeluznante que en aquel momento no me atreví a hablar de ello con nadie, ni a contártelo por carta. Ahora lo hago tranquilamente y casi me da risa. Hace poco se lo conté a Yégor y le pareció tan divertido que me echo a reír cada vez que pienso en ello. Contestó que cuanto más absurda era una historia más dispuesta estaba yo a creérmela. De todas maneras, tal cosa no me parece del todo imposible: de serlo, ¿por qué iba a mencionarlo Liu?

¿Te parece bien, querida Tatiana, que Yéssika te visite? Si Peter se marcha, estarás sola, y a Yéssika le encanta ir a tu casa. Nos alegraría que te hiciese compañía.

Un abrazo,
Lusinia

De Yéssika a Katia

Kremskoie, 8 de julio

Querida hermanita:

No te enfades, pero es muy feo por tu parte negarte a venir mientras Liu esté aquí y obligarlo de ese modo a irse de casa. No se lo merece. Creo que piensas que se ha portado mal conmigo, lo cual es completamente falso. Me quiere, pero desde el principio me dijo que no sabía si algún día se casaría conmigo, porque es demasiado orgulloso para eso, y que era mejor que diese a mis sentimientos el carácter de amistad. Eso es lo que hago, y... ¿qué hay de malo en que sea mi amigo? También es amigo de Velia, y lo fue tuyo hasta que te portaste de forma tan repulsiva con él. Puede arreglárselas para no estar en casa en todo el día mientras tú permanezcas aquí. Para papá y mamá también es una historia desagradable, y ya que te esperan tan buenos momentos no estaría mal que fueses un poco más considerada con estas menudencias.

¿Se ha enfadado mi pequeña abejita por lo que le he dicho? Tienes que admitir que solo en contadas ocasiones te echo sermones morales. En cualquier caso, harás lo que quieras. Papá y mamá se encuentran muy bien, es enternecedor ver la ilusión que les hace estar a solas los dos. A veces parecen una pareja de novios a punto de casarse: jóvenes, guapos y misteriosamente felices. Me alegro de que haya llegado la estación de las rosas. Florecerán en un par de semanas y, entonces, mamá podrá adornar a diario la mesa con ellas, ponérselas en el pelo y llenar todos los jarrones.

Yéssika

De Velia a Peter

Kremskoie, 10 de julio

Querido Peter:

Ayer me ocurrió algo curioso. Fui a ver a Liu a su habitación y, como no estaba, decidí esperarlo. Me senté ante su escritorio y empecé a hojear distraídamente los papeles de su carpeta. Entonces vi una nota en la que había algo escrito a mano que me llamó la atención. Primero no supe por qué, pero después recordé de repente que se trataba de la misma letra, o una muy parecida, con la que habían escrito la carta amenazadora que mamá había encontrado bajo su almohada. Imagínate, era la primera vez en mi vida que me llevaba un susto tan espantoso: la cabeza me daba vueltas y, si bien no sé con exactitud qué es lo que me horrorizó tanto, en apenas un instante tenía las manos y las sienes cubiertas de sudor. Tal vez mi inconsciente llegó con la velocidad del rayo a una serie de conclusiones cuyo resultado fue el espanto. Salí corriendo e intenté ordenar mis pensamientos. Te juro que estaba tan horrorizado que no lograba pensar con claridad. Cuando Liu volvió me las apañé para que fuéramos a sentarnos a su habitación. Hojeé su carpeta y, mientras jugueteaba con la nota, señalé como de pasada que la letra era muy parecida a la de la carta amenazadora. «¿Verdad? –dijo Liu complacido–. Yo también creo que casi pueden confundirse. He intentado copiarla de memoria para seguir la pista del autor, pero tu padre no quiere continuar con este asunto». En efecto, papá rompió la carta como hace siempre con todos los anónimos. ¡Es inconcebible que me pasara una cosa semejante! Sabía que al principio Liu había estado dándole vueltas a la idea de descubrir quién había escrito la carta y también sabía que es un gran aficionado a la grafología. Sin embargo, en cuanto oí su voz y lo vi, mi inquietud se me antojó completamente infantil. Hubiera preferido decirle a Liu lo que había pasado, pero no sé por qué, no logré pronunciar palabra. No tiene la menor sospecha y está satisfecho de su éxito. Y es que supone un gran logro eso de copiar de memoria una letra y conseguir que se parezca tanto a la original.

Solo consigo explicarme mi estupidez por el hecho de que la historia de la carta amenazadora nos ha puesto a todos un poco nerviosos. Si el carácter de papá fuese otro, creo que efectivamente tendríamos miedo, pero se muestra tan seguro que a uno le parece imposible que le ocurra nada. Al fin y al cabo, estas historias de terror no se dan en la vida real; como máximo, constituyen lecturas de viaje. Es cierto que a menudo se producen atentados, pero papá dice que a él no lo odian tanto y que las familias de los estudiantes están formadas por personas cultas entre las que no tienen cabida los asesinos. La única finalidad de la última carta amenazadora era intimidarlo, eso estaba claro. Por otro lado, uno puede enfermar de repente y morir: siempre estamos expuestos a la muerte, así que no hay que hacer caso de esas cosas. A veces me pregunto si la intrepidez constituye una cualidad o un defecto en papá; quizás sea que, sencillamente, no tiene imaginación.

Ahora está de muy buen humor. Su vieja máquina de escribir se ha estropeado y se pasa horas montándola y desmontándola con Liu para intentar descubrir qué le pasa. Liu se lo toma muy en serio: todavía no tengo claro si lo hace para complacer a papá o porque realmente le interesa.

Dios mío, no seré feliz hasta que lleguemos a París, pues aquí no puedo ayudar ni cambiar nada. No le cuentes nada a Katia de mi historia con Liu. Papá dice que en Alemania se viaja muy bien en segunda clase. Señor, hágase tu voluntad, lo importante es que consigamos viajar.

Velia

De Yéssika a Katia

Kremskoie, 14 de julio

Katia:

¡No debes venir por nada del mundo! ¡Ojalá que todavía no te hayas ido! Imagínate, ayer el abuelito se puso terriblemente enfermo de golpe. Tenía convulsiones, se retorcía y se le puso la cara azul: ¡fue horrible! Primero Velia comentó que estaba borracho, pero enseguida nos dimos cuenta de que se trataba de otra cosa. Las criadas dijeron que tenía el cólera y se pusieron histéricas; ninguna quería estar junto a él. Liu tomó el asunto en sus manos y afirmó que no podía ser el cólera porque presentaba otros síntomas, que probablemente fuera fiebre tifoidea con algunas complicaciones. Dispuso varias cosas y se quedó con Iván, a pesar de que papá y mamá no querían consentirlo porque pensaban que tal vez fuese contagioso; pero él repuso que no lo creía y que, además, no le daba miedo. Iván lo miró muy asustado cuando volvió en sí: creo que no le gustaba tenerlo a su lado, pero no se atrevía a decirlo. Cuando llegó el médico dijo que todo lo que Liu había dispuesto era adecuado, que ni él mismo lo habría hecho de otro modo, y que también creía que se trataba de la fiebre tifoidea. Papá y mamá no quieren que vengas, por el riesgo de contagio. Nosotros ya estamos aquí, eso no hay forma de cambiarlo, pero no hace falta que tú también te expongas al peligro. Me parece que tienen toda la razón. Además, tampoco servirías de ayuda, y mamá sufriría, aun cuando el riesgo de contagio no sea demasiado grande. Por el momento no es posible trasladar a Iván a la ciudad porque está demasiado enfermo. ¡Pobre abuelito! Velia siente pena por él: le gustaba tanto el vino y el aguardiente lo hacía tan feliz...

¡Seguramente no te veré antes del viaje, mi pequeña luciérnaga! Pero no tendré tiempo de echarte de menos: ¡hay tantas cosas por hacer!

Un abrazo,
Yéssika

De Liu a Konstantín

Kremskoie, 16 de julio

Querido Konstantín:

He enviado la máquina de escribir. Quedamos, por lo tanto, en que la explosión se producirá cuando se pulse la tecla de la letra «Y». Dado que hemos de ponernos de acuerdo en una letra, que sea la inicial del nombre del gobernador; es imposible que escriba una carta sin utilizarla. Ahora la responsabilidad es tuya. Me alegro de liberarme de ella durante un tiempo, porque me siento enfermo. Ardo de fiebre y lo que más me gustaría es meterme en la cama, pero creo que es factible frenar una enfermedad incipiente resistiéndose a ella desde el principio; ya lo logré una vez. El cochero Iván padece una fiebre tifoidea muy grave: su vida aún corre peligro y, como aquí dominaba el horror y el desconcierto porque los criados pensaban que tenía el cólera y yo poseo algunas nociones de estas cosas, me he hecho cargo de la situación. Este hombre no me soporta, experimenta una suerte de miedo o aversión hacia mí: me parece que tiene una especie de instinto animal, que presiente en mí el peligro que amenaza a su señor. Siento una predilección especial por estas naturalezas todavía medio animales, que viven en el inconsciente. Para mí ha sido un placer enorme cuidarlo y observarlo. Quizás no debí esforzarme tanto, porque al fin y al cabo ya me encontraba mal.

Sería muy grave que la enfermedad resultase más fuerte que yo y tuvieran que ingresarme en el hospital de San Petersburgo, ya que debo estar aquí cuando llegue la máquina, para recibirla e instalarla personalmente. Pero estoy casi seguro de que el señor y la señora Von Rasimkara querrían tenerme en casa y cuidar de mí, incluso aunque me opusiera a ello. Por encima de todo confío en mi naturaleza sana y en la fuerza de mi voluntad. Si uno no logra derribar muros como Sansón, por lo menos ha de intentar mantener su cuerpo en pie cuando está a punto de desfallecer, aunque solo sea durante un tiempo. En cualquier caso, espera una señal de mi parte antes de actuar.

Liu

De Lusinia a Tatiana

Kremskoie, 18 de julio

Querida Tatiana:

Con qué rapidez se transforma la apariencia de las cosas terrenales: más rápido, en realidad, de lo que se nubla el cielo. Esta es otra de esas frases que se pronuncian y que de repente, cuando advertimos la verdad que esconden, nos parecen una revelación. Nuestro viejo Iván ya se encuentra mejor, por lo menos el médico dice que si la enfermedad fuera a conducirlo hasta el final ya habría empeorado de manera notable. Sabes lo estrechamente unidos que estamos con nuestros sirvientes; sustituirlos por otros nos entristecería tanto como cambiar de casa. Ver a una persona en peligro de muerte, prácticamente agonizando, me provoca un gran sufrimiento. En momentos así, se me hace evidente que este es el destino que a todos nos espera, que podría haberme tocado a mí: tal vez me toque mañana o pasado mañana, pero un día u otro, irremediablemente, tiene que tocarme. En estos casos, se apodera de mí un miedo que es mil veces peor que la muerte. Esta vez ha pasado muy cerca de Iván, pero ayer por la noche Liu tuvo que meterse en la cama. Ha cuidado muy bien de Iván y se ha expuesto al contagio como si fuera lo más natural del mundo. Esto es doblemente admirable si se considera que Iván nunca lo ha soportado ni se ha molestado en disimularlo. Anteayer ya no parecía el mismo, pero cuando le pregunté cómo se sentía, respondió que perfectamente. Ayer al mediodía parecía tener fiebre. Yégor, que por supuesto no notó nada, comentó que echaba de menos su máquina de escribir, a la que tanto se había acostumbrado, y que esperaba recuperarla pronto. Entonces Liu exclamó: «¡Ah, no diga eso! ¡Yo preferiría que no la tuviera durante mucho tiempo!». Una vez leí que un famoso actor solía emborracharse antes de la representación y se tambaleaba de tal manera que parecía imposible que consiguiese actuar, pero que cuando tenía que salir al escenario se dominaba con una fuerza de voluntad demoníaca y actuaba de forma sublime; solo en raras ocasiones esta fuerza cedía un poco, revelando el estado en que se encontraba. Así pues, ¿sabes?, en ese momento me lo recordó: se pasó casi todo el tiempo delirando. Insistí en que tenía fiebre y era mejor que se metiese en la cama. Él lo reconoció, pero dijo que en esos casos le sentaba mejor permanecer en movimiento: quería dar una vuelta en bicicleta. No hubo forma de disuadirlo. Se fue y volvió empapado de sudor y completamente agotado. Después se tumbó en la cama sin comer nada. Hoy no se ha levantado; está exhausto, pero parece que la fiebre ha disminuido. El médico que vino por Iván dice que esta clase de curas a veces dan resultado, pero que él no las prescribiría porque no a todo el mundo le funcionan. Liu es una persona extraordinaria, cada día nos sorprende con algo nuevo.

Querida Tatiana, ¡cuándo estaremos finalmente a solas! A mí me gusta cuidar de enfermos y me alegro mucho de hacer algo por Liu, aunque sea muy poca cosa: en realidad, no hay forma de cuidarlo, ya que es una persona que solo puede dar –para recibir le falta el órgano necesario–, pero me hacía tanta ilusión estar a solas con Yégor que cualquier imprevisto me parece un obstáculo insidioso que se opone entre nosotros y los tan anhelados días de descanso.

Velia y Yéssika ya habrían ido hoy a tu casa pero no querían partir hasta que no se supiese si Liu está gravemente enfermo o no. Gracias a Dios, este peligro ya no existe. ¡Cómo hubiera crecido el amor en el tierno corazón de Yéssika! En cuanto se encuentre en condiciones de ser trasladado, ingresaremos a Iván en el hospital y, mientras se recupera, ocupará su lugar un hombre de confianza que ya nos ha ayudado varias veces. Yo había pensado en ir a la ciudad con Yégor para ver partir a los chicos, pero él dice que como pidió vacaciones alegando motivos de salud para pasar una temporada en el campo, prefiere que no lo vean en San Petersburgo, a fin evitar falsos rumores. Además, según él allí tomaré más conciencia de su partida, me emocionaré y lloraré, etcétera. Sí, seguro que lloraré. Estarán fuera un año, como mínimo, ya que menos tiempo carecería de sentido. ¡Un año entero sin dos de mis hijos! ¡Menos mal que ahora tengo a Yégor para mí! Además, ya no soy tan joven para que un año me parezca largo: solo son doce veces treinta días, un suspiro apenas. ¡Me siento tan feliz de que Peter también vaya; les diré a los chicos que le hagan caso!

Un abrazo,
Lusinia

De Velia a Katia

Kremskoie, 20 de julio

Mi pequeña corneta:

Ya puedes empezar a tocar porque mañana salgo para San Petersburgo. Si resuenas contra mi llegada, no te servirá de nada porque de todas formas no voy a oírte. El mejor favor que les haremos a nuestros padres será irnos. Ya ha salido una nota en los periódicos sobre «la universidad roja». Lo máximo que les pasará a los estudiantes es que se suspendan las clases, pero papá, naturalmente, prefiere que no estemos allí. El abuelito todavía vive y hoy ya ha pedido una gota de aguardiente, o sea que al parecer está en camino de curarse. Como me han advertido que es mejor que no vaya a decirle adiós por el peligro de contagio, le he escrito un poema de despedida. Empieza así:

Cinco días han pasado,
sin que Iván se haya emborrachado.

Y acaba:

Si tu fiel mano no puedo alcanzar
y al extranjero debo irme sin poderla besar,
con lágrimas en los ojos te digo «sé tenaz»,
deseo que te mejores o descanses en paz.

Se la he leído a Liu, que aún guarda cama, y a pesar de lo débil que está no ha parado de reír. Ha dicho que está convencido de que Iván me consideraría el poeta más importante de Rusia y estimaría estos versos como el *non plus ultra* de la poesía, y que envidia a las personas que todavía son capaces de extasiarse con el ritmo y una simple rima. A Liu le gustaría acompañarnos a San Petersburgo, pero teme no tener las fuerzas suficientes, y mamá tampoco lo dejará ir. O sea que no volverás a verlo. Yéssika semeja un gatito atontado a causa del amor, pero de todas formas te recomiendo, mi dulce gorrión, que seas delicada con ella, que no le grites ni la picotees. Es como una gota de rocío que brilla al sol al igual que una piedra preciosa y palpita llena de vida, pero que cuando el sol se va pierde su brillo y se seca. Esto te lo escribo para que veas que yo también soy capaz de expresarme de forma auténticamente poética. Oye, que Peter se ocupe de comprar puros y cigarrillos para el viaje; a él le gusta tener tareas que hacer.

Velia

De Liu a Konstantín

Kremskoie, 23 de julio

Querido Konstantín:

No me has escrito, supongo que con el fin de que la carta no fuese a parar a otras manos en caso de que yo hubiese muerto o estuviera a punto de morir; pero ahora ya no hay peligro. Si no recibes más noticias mías, manda la máquina de escribir el día 31 y comunícamelo. La enfermedad ha remitido definitivamente, pero todavía estoy muy agotado, tanto que me gustaría quedarme un par de días más en cama, sin pensar, sin otras imágenes en la mente que la de la mujer morena y la chica rubia que de vez en cuando se desplazan en silencio por mi habitación, se inclinan sobre mí y me hablan con voz dulce y amable, o la de los abetos y los abedules que veo a través de la ventana abierta. ¿Habrá algún día personas capaces de contemplar la belleza sin sufrir por ello, sin sentir el aguijón divino y a la vez maldito del alma? Velia y Yéssika salen mañana para San Petersburgo. Yéssika se queda con su tía. Cuando vuelva a verla, irá vestida de negro. Anoche, al contemplar la luna pálida y rodeada de nubes oscuras, me vino a la cabeza la imagen de su rubia melena sobre el vestido negro. Ah, esto no es nada. Volverá a tener las mejillas rosadas y a sonreír, y a llevar vestidos blancos. Que todo esté condenado a perecer por el hecho de nacer es la única tragedia de la vida, porque esa es la naturaleza de la vida, porque solo nos ha sido concedida esta forma de existencia. Espero tus noticias.

Liu

De Lusinia a Katia

24 de julio

Mi pequeña:

Hoy parten Velia y Yéssika. Se han quedado un día más para esperar a Liu, pero al final ellos mismos lo han convencido de que todavía era demasiado pronto para afrontar el cansancio del viaje. Ya se ha levantado, aunque todavía está débil. Seguro que se quedará aquí unos tres días más, o sea que si partís pasado mañana, ya nunca volverás a verlo. Yéssika se ha enfrentado valientemente a sus sentimientos; no pensaba que fuera capaz de sobreponerse de esta forma. Hoy, de buena mañana, ya estaba en el jardín llenando cestos de rosas con las que después ha adornado toda la casa. «Parece una casa de novios», ha dicho. Y después ha añadido: «Mamá, debimos estorbaros bastante viniendo al mundo tan seguidos uno detrás de otro, ¿no es cierto?». Yo he respondido: «Sí, si nosotros mismos no hubiéramos sido los culpables, quizás nos hubiese molestado un poco». Tu hermano Velia, que acababa de entrar, ha apuntado: «Dios mío, ¿qué te piensas? Se habrían aburrido terriblemente sin nosotros». Y Yéssika, indignada: «¡Arrogante! Tú, con lo vago que eres, no dijiste ni una palabra hasta los dos años, y no hiciste ningún chiste hasta los diez». Ya puedes imaginar con qué ternura discutieron. Y encima aquella carita, tan serena y pálida, con su sonrisa infantil de siempre. Tratadla con cariño este último día, ¿me oyes, corazón? Y no la ofendas hablando mal de Liu. Eres una pequeña luciérnaga, demasiado joven e insensata para juzgarlo correctamente. En cualquier caso, se trata de una persona distinguida, y delante de las personas distinguidas hay que tener la deferencia de pensar, en principio, lo mejor de ellas, y en caso de duda reservarse la opinión.

Por lo que respecta al chófer que tía Tatiana propone que contratemos en lugar del viejo criado, papá no acaba de decidirse, a pesar de que reconoce que tal vez fuese más agradable para nosotros. No desea la presencia en nuestro hogar de un completo extraño, pues no es infrecuente que el partido revolucionario introduzca a los suyos en las casas para que informen sobre la situación particular de la familia o se pongan en contacto con el servicio. No le gustaría introducir un elemento ambiguo entre nuestros criados, tan fieles y de confianza. Teniendo en cuenta que papá no teme a nada, debe de llevar razón al mostrarse tan precavido. O sea que nos quedamos con el viejo Kyrill, que tampoco bebe más que Iván. Además, papá dice que los borrachines son gente de buen corazón.

Recibe un fuerte abrazo, querida hijita. Quereos mucho los tres, tú y Velia no discutáis durante el viaje y no os llaméis burro, lagartija o cerebro de gorrión –bueno, esto último puede pasar–, que las bromas suelen acabar mal, y además es una fea costumbre que puede causar mala impresión entre quienes no os conocen. Cuida de Velia como si fueras la mayor, pero sin que se dé cuenta; él me preocupa más que tú, cariño, porque estoy segura de que tú te comportarás bien y llegarás a ser alguien en la vida.

¡Ahora soy una mujer sin hijos! Pero os llevo muy dentro del corazón, donde todavía sois unos niños y os gusta estar acurrucados con vuestra mamá en un pequeño rincón.

¡Adiós!

De Velia y Katia a Yégor

San Petersburgo, 26 de julio

Querido papá:

Cuando Katia leyó en la carta de mamá que en tu opinión los borrachines son gente de buen corazón, exclamó: «¿Lo veis? ¡Liu no es un borracho! Bebía vino solamente por el color y el aroma». Ahora seguro que se divulgará el rumor de que despediste a Liu porque nunca se había emborrachado y te convertirás en el favorito del pueblo y estarás todo el tiempo rodeado de una horda de cosacos tambaleantes que querrán protegerte. Anteayer por la noche convencimos a tía Tatiana de que nos sirviera un buen vino para la cena de despedida y Peter, que estaba a punto de unirse a un grupo antialcohólico, ha abandonado esta idea hasta la vuelta.

Querido papá:

Velia no escribe más que tonterías. Es imposible vivir con él sin llamarlo burro o lagartija de vez en cuando. Mamá, deberías haberlo educado mejor desde un principio. Con lo de beber tienes toda la razón, papá, fue una idea absurda por parte de Peter eso de querer unirse a un grupo antialcohólico. ¿Por qué uno no debería beber, si le gusta? ¡Qué tontería! Yéssika dice que no debemos preocuparnos por vosotros, que parecéis dos jovencitos felices. Y así es como os queremos recordar mientras estemos fuera. Con Yéssika soy muy amable, pero que conste que es una tontita. ¡Nuestro carruaje acaba de llegar! Mañana a esta hora ya habremos cruzado la frontera. Por el camino te escribiré una carta más larga, querida mamá.

Katia

De Liu a Konstantín

Kremskoie, 1 de agosto

Querido Konstantín:

Me marcho mañana a primera hora. Iré en automóvil hasta San Petersburgo y desde allí a casa de mi padre. Supongo que la máquina de escribir llegará esta noche. No me gustaría que la trajeran antes porque entonces el gobernador seguramente querría escribir con ella. Él y su mujer aguardan el momento de quedarse a solas con la misma ilusión que si fueran dos niños. No tienen ni idea de lo que en realidad les espera. Ah, Dios mío, ¿qué anhela uno cuando vislumbra un momento de arrebato amoroso? ¿Qué encuentra?

Me parece que es completamente imposible que otra persona utilice la máquina antes que el gobernador; eso sería lo único capaz de arruinar mi plan. Las criadas no se atreven ni a tocarla por miedo a su señor, sobre todo desde que se rompió. Incluso les ha prohibido quitarle el polvo, tarea de la que él mismo se encarga. Seguro que no tardará en utilizarla, pues siempre tiene alguna carta que escribir. Y, además, querrá probarla después de la reparación. No tardará ni un día. Probablemente escriba una carta a los chicos. Y en cuanto a su mujer, ¿qué será de ella? Lo mejor que podría ocurrirle sería estar a su lado. De hecho casi siempre lo está. La próxima vez que vaya a San Petersburgo me gustaría verte. Por el momento necesito descanso.

Liu

De Lusinia a Yéssika

Kremskoie, 1 de agosto

Yéssika, mi florecita:

Tus hermosas rosas ya se han marchitado, antes incluso de que comenzara la alegría de estar solos. Pero en el jardín han florecido otras nuevas. Liu se marcha mañana a primera hora: ya se ha despedido, porque se irá antes de que nos levantemos. Hace un rato, cuando volvíamos de pasear, había un hombre junto a la puerta del jardín. Yo no lo he visto hasta que prácticamente lo teníamos al lado y, sin querer, he dado un respingo. Liu se ha echado a reír y ha dicho: «Seguramente es el mensajero que nos trae la máquina de escribir». Y, en efecto, lo era. He mirado a Liu, sorprendida y admirada, y entonces él se ha echado a reír de nuevo, y papá también; en realidad es muy normal que lo adivinara, porque la esperábamos con el primer correo. Imagínate, papá ni siquiera ha tocado el paquete, sino que ha dejado que Liu lo abriera. Papá todavía está sentado aquí conmigo, tocando el piano como nadie en el mundo. Quizás en este mismo instante la tila de tu voz perfuma el piano de cola de tía Tatiana. Ya sabes que, según Liu, tu canto es tan dulce que más que un sonido parece un perfume. Es como si te estuviera oyendo, tesoro mío.

Al despedirse, Liu volvió a dirigirme una de esas miradas insondables; me alegro de no tener que enfrentarme más a esos ojos suyos a partir de mañana. Pero puedes estar tranquila, le he preparado un cestito con toda clase de comida para el viaje y le he deseado buena suerte. Si no fuese sonámbulo, sería su amiga incondicional. Imagínate, al final al abuelito le ha dado por montar un escándalo porque Liu se va antes de que él vuelva a andar. Ha dicho que está enfermo y viejo y ya no vale para nada, y que en la casa hace falta un hombre. Entonces papá ha gritado: «¿Y yo qué soy, un pájaro?». Iván se ha echado a llorar, y después ha dicho que nunca había tenido a papá por un pájaro, pero que necesita protección y que uno no puede protegerse a sí mismo, de la misma manera que no puede lavarse la espalda sin ayuda. Papá le ha preguntado a Mariushka, que nos había contado todo esto: «¿Y quién le lava a él la suya? ¿Tú?». Ella lo ha negado, indignada, o sea que el asunto no ha quedado claro.

Buenas noches, cariño. ¿Cuándo volveré a adornar tu pelo con rosas? ¡Espero que pronto! La felicidad llega inesperadamente, de la noche a la mañana.

Un abrazo,
Mamá

De Yégor a Velia y Katia

Kremskoie, 2 de agosto

A ver, chicos, ¿qué es esa tontería de la bebida? ¿Qué decís que he dicho? Las personas cultas deben beber con moderación, eso es obvio. Si un campesino ruso no bebe, es atribuible a teorías, cálculos o a una tendencia a algún tipo de perfección espiritual. Así que cuando el instinto animal ha sido reprimido, en su lugar no puede surgir nada bueno. O sea que debéis beber con moderación, porque queréis que se os considere gente culta. Nuestro ángel de la guarda se ha ido, ahora el único ángel que me queda es vuestra madre; sus alas me ofrecen la protección más agradable. En este momento se acerca por detrás de mi silla, me rodea con el brazo, formula esa misma pregunta de siempre que, sin embargo, aún me gusta escuchar: «¿Por qué estás tan pálido, Y

Esta primera edición de *El último verano*, de Ricarda Huch,
se terminó de imprimir en *Grafica Veneta S.p.A. di Trebaseleghe* en Italia en julio de 2019.
Para la composición del texto se ha utilizado la tipografía
FF Celeste diseñada por Chris Burke en 1994
para la fundición FontFont.

Duomo Ediciones es una empresa comprometida con el medio
ambiente. El papel utilizado para la impresión de este libro
procede de bosques gestionados sosteniblemente.

Este libro está impreso con el sol. La energía que ha hecho
posible su impresión procede exclusivamente de paneles
solares. Grafica Veneta es la primera imprenta
en el mundo que no utiliza carbón.